COLLECTION POÉSIE

ARAGON

Le Crève-cœur
Le Nouveau Crève-cœur

GALLIMARD

Le Crève-cœur

A ELSA

chaque battement de mon cœur.

VINGT ANS APRÈS

Le temps a retrouvé son charroi monotone
Et rattelé ses bœufs lents et roux c'est l'automne
Le ciel creuse des trous entre les feuilles d'or
Octobre électroscope a frémi mais s'endort

Jours carolingiens Nous sommes des rois lâches
Nos rêves se sont mis au pas mou de nos vaches
A peine savons-nous qu'on meurt au bout des champs
Et ce que l'aube fait l'ignore le couchant.

Nous errons à travers des demeures vidées
Sans chaînes sans draps blancs sans plaintes sans idées
Spectres du plein midi revenants du plein jour
Fantômes d'une vie où l'on parlait d'amour

Nous reprenons après vingt ans nos habitudes
Au vestiaire de l'oubli Mille Latudes
Refont les gestes d'autrefois dans leur cachot
Et semble-t-il ça ne leur fait ni froid ni chaud

L'ère des phrases mécaniques recommence
L'homme dépose enfin l'orgueil et la romance

Qui traîne sur sa lèvre est un air idiot
Qu'il a trop entendu grâce à la radio

Vingt ans L'espace à peine d'une enfance et n'est-ce
Pas sa pénitence atroce pour notre aînesse
Que de revoir après vingt ans les tout petits
D'alors les innocents avec nous repartis

Vingt ans après Titre ironique où notre vie
S'inscrivit tout entière et le songe dévie
Sur ces trois mots moqueurs d'Alexandre Dumas
Père avec l'ombre de celle que tu aimas.

Il n'en est qu'une la plus belle la plus douce
Elle seule surnage ainsi qu'octobre rousse
Elle seule l'angoisse et l'espoir mon amour
Et j'attends qu'elle écrive et je compte les jours

Tu n'as de l'existence eu que la moitié mûre
O ma femme les ans réfléchis qui nous furent
Parcimonieusement comptés mais heureux
Où les gens qui parlaient de nous disaient Eux deux

Va tu n'as rien perdu de ce mauvais jeune homme
Qui s'efface au lointain comme un signe ou mieux comme
Une lettre tracée au bord de l'Océan
Tu ne l'as pas connu cette ombre ce néant

Un homme change ainsi qu'au ciel font les nuages
Tu passais tendrement la main sur mon visage
Et sur l'air soucieux que mon front avait pris
T'attardant à l'endroit où les cheveux sont gris

O mon amour ô mon amour toi seule existes
A cette heure pour moi du crépuscule triste
Où je perds à la fois le fil de mon poème
Et celui de ma vie et la joie et la voix
Parce que j'ai voulu te redire Je t'aime
Et que ce mot fait mal quand il est dit sans toi

J'ATTENDS SA LETTRE
AU CRÉPUSCULE

Sous un ciel de cretonne
Pompadour et comment
Une petite auto
Navigue
       Et l'écho ment
Et qu'est ce chant qu'entonne
Le soir au bois dormant
Dans le parc monotone
Où rêve un régiment
Qui dans l'ombre cantonne
Au fond du bel automne

Que les heures tuées
Guerre à Crouy-sur-Ourcq
Meurent mal Et tu es
Mon âme et mon vautour
Camion de buées
Mélancolique amour

Qui suit l'avenue et
Capitaine au long cours
Quitte pour les nuées

14

Les terres remuées
Y vois-tu ma maîtresse
Triste triste et rêvant

Et cette dorure est-ce
Trésor mordu souvent
Sa coiffure terrestre
Que me dit-elle ô vent
Que me dit-elle Reste
Reste ici comme avant
Les batailles de l'est

Rien dit le vaguemestre

LE TEMPS DES MOTS CROISÉS

O soleil de minuit sans sommeil solitude
Dans les logis déserts d'hommes où vous veillez
Épouses d'épouvante elles font leur étude
Des monstres grimaçants autour de l'oreiller

Qui donc a déchaîné la peur cette bannie
Et barbouillé de bleu panique les carreaux
Le sable sous le toit Dans le cœur l'insomnie
Personne ne lit plus le sort dans les tarots

Sorciers vous pouvez seuls danser dans la bruyère
Elles ne veulent plus savoir si tu leur mens
Amour qui les courbas mieux qu'aucune prière
Quand la Gare de l'Est eut mangé leurs amants

Femmes qui connaissez enfin comme nous-mêmes
Le paradis perdu de nos bras dénoués
Entendez-vous nos voix qui murmurent Je t'aime
Et votre lèvre à l'air donne un baiser troué

Absence abominable absinthe de la guerre
N'en es-tu pas encore amèrement grisée

Nos jambes se mêlaient t'en souviens-tu naguère
Et je savais pour toi ce que ton corps faisait

Nous n'avons pas assez chéri ces heures doubles
Pas assez partagé nos songes différents
Pas assez regardé le fond de nos yeux troubles
Et pas assez causé de nos cœurs concurrents

Si ce n'est pas pourtant pour que je te le dise
Pourquoi m'arrive-t-il d'entendre ou de penser
Si les nuages font au jour des mèches grises
Et si les arbres noirs se mettent à danser

Écoute Dans la nuit mon sang bat et t'appelle
Je cherche dans le lit ton poids et ta couleur
Faut-il que tout m'échappe et si ce n'est pas elle
Que me fait tout cela Je ne suis pas des leurs

Je ne suis pas des leurs puisqu'il faut pour en être
S'arracher à sa peau vivante comme à Bar
L'homme de Ligier qui tend vers la fenêtre
Squelette par en haut son pauvre cœur barbare

Je ne suis pas des leurs puisque la chair humaine
N'est pas comme un gâteau qu'on tranche avec le fer
Et qu'il faut à ma vie une chaleur germaine
Qu'on ne peut détourner le fleuve de la mer

Je ne suis pas des leurs enfin parce que l'ombre
Est faite pour qu'on s'aime et l'arbre pour le ciel
Et que les peupliers de leur semence encombrent
Le vent porteur d'amour d'abeilles et de miel

Je suis à toi Je suis à toi seule J'adore
La trace de tes pas le creux où tu te mis
Ta pantoufle perdue ou ton mouchoir Va dors
Dors mon enfant craintif Je veille c'est promis

Je veille Il se fait tard La nuit du moyen-âge
Couvre d'un manteau noir cet univers brisé
Peut-être pas pour nous mais cessera l'orage
Un jour et reviendra le temps des mots croisés

PETITE SUITE SANS FIL

I

Hilversum Kalundborg Brno L'univers crache
Des parasites dans Mozart Du lundi au
Dimanche l'idiot speaker te dédie O
Silence l'insultant pot-pourri qu'il rabâche

Mais Jupiter tonnant amoureux d'une vache
Princesse avait laissé pourtant en rade Io
Qui tous les soirs écoutera la radio
Pleine des poux bruyants de l'époux qui se cache

Comme elle — c'est la guerre — écoutant cette voix
Les hommes restent là stupides et caressent
Toulouse PTT Daventry Bucarest

Et leur espoir le bon vieil espoir d'autrefois
Interroge l'éther qui lui donne pour reste
Les petites pilules Carter pour le foie

II

Ah parlez-moi d'amour ondes petites ondes
Le cœur dans l'ombre encore a ses chants et ses cris
Ah parlez-moi d'amour voici les jours où l'on
Doute où l'on redoute où l'on est seul on s'écrit
Ah parlez-moi d'amour Les lettres que c'est long
De ce bled à venir et retour de Paris

Vous parlerez d'amour La valse et la romance
Tromperont la distance et l'absence Un bal où
Ni toi ni moi n'étais va s'ouvrir Il commence
Les violons rendraient les poètes jaloux
Vous parlerez d'amour avec des mots immenses
La nuit s'ouvre et le ciel aux chansons de deux sous

Ne parlez pas d'amour J'écoute mon cœur battre
Il couvre les refrains sans fil qui l'ont grisé
Ne parlez plus d'amour Que fait-elle là-bas
Trop proche et trop lointaine ô temps martyrisé
Ne parlez plus d'amour Le feu chante dans l'âtre
Et les flammes y font un parfum de baisers

Mais si Parlez d'amour encore et qu'amour rime
Avec jour avec âme ou rien du tout parlez
Parlez d'amour car tout le reste est crime
Et les oiseaux ont peur des hommes fous par les
Branchages noirs et nus que l'hiver blanc dégrime
Où les nids sont pareils aux bonheurs envolés

Parler d'amour c'est parler d'elle et parler d'elle
C'est toute la musique et ce sont les jardins
Interdits où Renaud s'est épris d'Armide et l'

Aime sans en rien dire absurde paladin
Semblable à nous naguère avant qu'aux Infidèles
Nous fûmes quereller leur sultan Saladin

Nous parlerons d'amour tant que le jour se lève
Et le printemps revienne et chantent les moineaux
Je parlerai d'amour dans un lit plein de rêves
Où nous serons tous deux comme l'or d'un anneau

Et tu me rediras Laisse donc les journaux

III

CHANT DE LA ZONE DES ÉTAPES

Décembre décembre décembre
Les champs bruns pleins de coqs chanteurs et de fétus
De paille ont pris ce matin l'air de chiens battus
Capitaine de jour soleil blanc que fais-tu
Comme un qui traîne dans sa chambre

Celui qui se rase en plein vent
Un œil sur son miroir-réclame à la fontaine
A quoi rêve-t-il en sifflant mirlitontaine
Toujours pas à tes galons Capitaine
Celui qui se rase en rêvant

Combien sont-ils et Dieu les aide
A Mareuil à May Brémoiselle ou Gandelu
Dont les noms sont des gouttes d'eau sur les talus

D C A dragons portés sapeurs N'en jetez plus
       Hippomobiles Groupes Z

      A l'ombre des châteaux détruits
Qui redisent encore un refrain de la Fronde
Ils tournent vers le ciel leurs prunelles profondes
Capitaine de jour la terre n'est pas ronde
      Pourquoi propager de faux bruits

      Ulysse Tandis que l'homme erre
Sa femme se morfond craignant les sous-marins
Et sept fois dans l'enclos fleurit le romarin
Qui sait Tu iras en Syrie ou sur le Rhin
      Ce sont toujours les temps d'Homère

      Ce sont toujours les temps maudits
Reconnais-tu ce ciel sans blé sur un sang brave
La Marne et vingt ans perdus et les betteraves
Tout ce qu'aux Monuments aux Morts le sculpteur
                                [grave
      Au pied d'un ange à bigoudis

      Nous sommes ceux de l'autre guerre
Le fer n'a pas trouvé le chemin de nos cœurs
Et nous portons des cicatrices de vainqueurs
Dans nos poumons gazés des bruits de remorqueurs
      Vieux rafiots qui naviguèrent

      Nous sommes ceux de l'autre amour
Nous ne comprenons rien à ce que nos fils aiment
Aux fleurs que la jeunesse ainsi qu'un défi sème
Les roses de jadis vont à nos emphysèmes
      Aimer mourir c'est à leur tour

Mais nous avons d'autres blessures
L'un dit Ma femme est morte et lui sa femme est folle
L'autre se tait qui fut heureux La triste école
De la vie a marqué ces saints sans auréole
Comme le vent de ses morsures

Car plus terrible qu'un shrapnell
L'ypérite fameuse ou l'air de Salonique
L'amour noir a griffé leur chair sous la tunique
Et la guerre pour eux la paix est ironique
Et seul souffrir est éternel

LES AMANTS SÉPARÉS

Comme des sourds-muets parlant dans une gare
Leur langage tragique au cœur noir du vacarme
Les amants séparés font des gestes hagards
Dans le silence blanc de l'hiver et des armes
Et quand au baccara des nuits vient se refaire
Le rêve si ses doigts de feu dans les nuages
Se croisent c'est hélas sur des oiseaux de fer
Ce n'est pas l'alouette O Roméos sauvages
Et ni le rossignol dans le ciel fait enfer

Les arbres les hommes les murs
Beiges comme l'air beige et beiges
Comme le souvenir s'émurent
Dans un monde couvert de neige
Quand arriva Mais l'amour y
Retrouve pourtant ses arpèges
Une lettre triste à mourir
Une lettre triste à mourir

L'hiver est pareil à l'absence
L'hiver a des cristaux chanteurs
Où le vin gelé perd tout sens

Où la romance a des lenteurs
Et la musique qui m'étreint
Sonne sonne sonne les heures
L'aiguille tourne et le temps grince
L'aiguille tourne et le temps grince

Ma femme d'or mon chrysanthème
Pourquoi ta lettre est-elle amère
Pourquoi ta lettre si je t'aime
Comme un naufrage en pleine mer
Fait-elle à la façon des cris
Mal des cris que les vents calmèrent
Du frémissement de leurs rimes
Du frémissement de leurs crimes

Mon amour il ne reste plus
Que les mots notre rouge-à-lèvres
Que les mots gelés où s'englue
Le jour qui sans espoir se lève
Rêve traîne meurt et renaît
Aux douves du château de Gesvres
Où le clairon pour moi sonnait
Où le clairon pour toi sonnait

Je ferai de ces mots notre trésor unique
Les bouquets joyeux qu'on dépose au pied des saintes
Et je te les tendrai ma tendre ces jacinthes
Ces lilas suburbains le bleu des véroniques
Et le velours amande aux branchages qu'on vend
Dans les foires de Mai comme les cloches blanches
Du muguet que nous n'irons pas cueillir avant
Avant ah tous les mots fleuris là-devant flanchent
Les fleurs perdent leurs fleurs au souffle de ce vent

25

Et se ferment les yeux pareils à des pervenches
Pourtant je chanterai pour toi tant que résonne
Le sang rouge en mon cœur qui sans fin t'aimera
Ce refrain peut paraître un tradéridéra
Mais peut-être qu'un jour les mots que murmura
Ce cœur usé ce cœur banal seront l'aura
D'un monde merveilleux où toi seule sauras
Que si le soleil brille et si l'amour frissonne
C'est que sans croire même au printemps dès l'automne
J'aurai dit tradéridéra comme personne

LA VALSE DES VINGT ANS

Bon pour le vent bon pour la nuit bon pour le froid
Bon pour la marche et pour la boue et pour les balles
Bon pour la légende et pour le chemin de croix
Bon pour l'absence et les longs soirs drôle de bal
Où comme j'ai dansé petit tu danseras
Sur une partition d'orchestre inhumaine
Bon pour la peur pour la mitraille et pour les rats
Bon comme le bon pain bon comme la romaine

Mais voici se lever le soleil des conscrits
La valse des vingt ans tourne à travers Paris

Bon pour la gnole à l'aube et l'angoisse au créneau
Bon pour l'attente et la tempête et les patrouilles
Et bon pour le silence où montent les signaux
La jeunesse qui passe et le cœur qui se rouille
Bon pour l'amour et pour la mort bon pour l'oubli
Dans le manteau de pluie et d'ombre des batailles
Enfants-soldats roulés vivants sans autre lit
Que la fosse qu'on fit d'avance à votre taille

La valse des vingt ans traverse les bistros
Éclate comme un rire aux bouches du métro

O classes d'autrefois rêves évanouis
Quinze seize dix-sept écoutez Ils fredonnent
Comme nous cette rengaine et comme nous y
Croient et comme nous alors Le ciel leur pardonne
Préfèrent à leur vie un seul moment d'ivresse
Un moment de folie un moment de bonheur
Que savent-ils du monde et peut-être vivre est-ce
Tout simplement Maman mourir de très bonne heure

Bon par-ci bon par-là Bon bon bon Je pars mes
Chers amis Vingt ans Bon pour le service armé
Ah la valse commence et le danseur selon
La coutume achète aux camelots bruns des broches
Mais chante cette fois la fille à Madelon
J'ai quarante ans passés Leurs vingt ans me sont proches
Boulevard Saint-Germain et rue Saint-Honoré
Aux revers chamarrés de la classe quarante
Le mot Bon se répète en anglaise dorée
Je veux croire avec eux que la vie est marrante

J'oublierai j'oublierai j'oublierai j'oublierai
La valse des vingt ans m'entraîne J'oublierai
Ma quarantaine en l'an quarante

DEUX POÈMES D'OUTRE-TOMBE

I

PERGAME EN FRANCE

Un soir que je rêvais sur les bords du Scamandre
Les ponts les jolis ponts jouaient aux dominos
N'attendez pas l'hiver me disaient les journaux
Pour donner à réparer votre Salamandre
Sur sa barge un marin murmure tendrement
Drôlement un refrain d'opérette No no
Nanette et Notre-Dame a l'air d'un casino
Le Panthéon surgit là-bas comme un scaphandre
Est-ce Troie ou Paris la Seine ou le Scamandre

Hélène écoute Hélène il nous vaut ton berger
La guerre et sept ans de mort l'infanterie
Des songes décimés Marthe Élise et Marie
Qui voient fuir les saisons sans que Pierre ou Roger
Aient pris dans leurs bras lourds le blé pour l'engranger
Hélène pense aux fleurs à l'herbe des prairies
Promenons-nous veux-tu ce soir aux Tuileries
Et que légère soit la grande amour que j'ai
Assez pour oublier l'Hymette et ton berger

Hélène écoute-moi Je l'aime Elle est si belle
Je te le dis à toi qui ne crois qu'à l'amour
Il faut la voir dormir pour comprendre le jour
Pour comprendre la nuit il faut dormir près d'elle
Quel est donc l'insensé qui dit qu'une hirondelle
Ne fait pas le printemps quand sa lèvre est l'M où
Renaît le mois de Mai dès la première moue
Ravissante à la semblance d'un couple d'ailes
O monde merveilleux Je tremble Elle est si belle

Elle est la paix profonde et le profond délire
Tout ce qu'enfant naguère et qu'homme je voulais
Pâris dis-tu Pâris est tout ce qui me plaît
Où donc est son étoile à mon bel oiseau-lyre
Il faut attendre l'heure où le ciel va pâlir
Pour savoir si l'on va mourir pour que tu l'aies
Trop d'astres font à l'ombre une robe de lait
Hélène pour pouvoir à son alphabet lire
Le prix de ton amour et le sang du délire

C'était un soir de Troie en proie aux bien-aimées
Le Palais de Priam ignorait ses hasards
Et le Louvre après tout n'est qu'un nom de bazar
Moi seul voyais monter la flamme et les fumées
Et la douleur d'Hécube au milieu des armées
Des taxis emportaient des passagers bizarres
Nus et peints de métal pour le bal des Quat'z Arts
Égyptiens Gaulois Romains Francs sans framées
Grecs qui ne faisaient pas pleurer nos bien-aimées

SANTA ESPINA

Je me souviens d'un air qu'on ne pouvait entendre
Sans que le cœur battît et le sang fût en feu
Sans que le feu reprît comme un cœur sous la cendre
Et l'on savait enfin pourquoi le ciel est bleu

Je me souviens d'un air pareil à l'air du large
D'un air pareil au cri des oiseaux migrateurs
Un air dont le sanglot semble porter en marge
La revanche de sel des mers sur leurs dompteurs

Je me souviens d'un air que l'on sifflait dans l'ombre
Dans les temps sans soleils ni chevaliers errants
Quand l'enfance pleurait et dans les catacombes
Rêvait un peuple pur à la mort des tyrans

Il portait dans son nom les épines sacrées
Qui font au front d'un dieu ses larmes de couleur
Et le chant dans la chair comme une barque ancrée
Ravivait sa blessure et rouvrait sa douleur

Personne n'eût osé lui donner des paroles
A cet air fredonnant tous les mots interdits
Univers ravagé d'anciennes véroles
Il était ton espoir et tes quatre jeudis

Je cherche vainement ses phrases déchirantes
Mais la terre n'a plus que des pleurs d'opéra

Il manque au souvenir de ses eaux murmurantes
L'appel de source en source au soir des ténoras

O Sainte Épine ô Sainte Épine recommence
On t'écoutait debout jadis t'en souviens-tu
Qui saurait aujourd'hui rénover ta romance
Rendre la voix aux bois chanteurs qui se sont tus

Je veux croire qu'il est encore des musiques
Au cœur mystérieux du pays que voilà
Les muets parleront et les paralytiques
Marcheront un beau jour au son de la cobla

Et l'on verra tomber du front du Fils de l'Homme
La couronne de sang symbole du malheur
Et l'Homme chantera tout haut cette fois comme
Si la vie était belle et l'aubépine en fleurs

LE PRINTEMPS

J'écoutais les longs cris des chalands sur l'Escaut
Et la nuit s'éveillait comme une fille chaude
La radio chantait Elle ne blesse qu'au
Cœur ceux qu'atteint cet air banal où l'amour rôde

Une fille rêvait sur le pont d'un bateau
Près d'un homme étendu mais moi-même rêvais-je
Une voix s'éleva qui disait A bientôt
Une autre murmurait qu'on mourait en Norvège

O frontaliers ô frontaliers vos nostalgies
Comme les canaux vont vers la terre étrangère
La France ici finit ici naît la Belgique
Un ciel ne change pas où les drapeaux changèrent

Nous l'avons attendu bien longtemps cette année
Le joli mois où les yeux sont des violettes
Où c'est un vin qui vit dans nos veines vannées
Et le jour a des fleurs de pommier pour voilette

Nous l'avons attendu ce renaissant Messie
Ce Dieu qui meurt d'amour avant la fenaison

Nous l'avons attendu longtemps cette fois-ci
Si longtemps qu'on n'y croyait plus dans les prisons

Couleur de terre et sourds au monde avec des casques
Des masques et du cuir barrant nos cœurs soldats
Nous avions épié les modernes tarasques
Tout l'hiver l'arme au pied pliant sous nos bardas

On rit bien quand on pense à ceux qui couchent nus
Aux enfants dans la rue avec leur trottinette
Ah sans doute qu'Euler aveugle devenu
Étudia l'inégalité des planètes

Mais nous sans yeux nous sans amour nous sans cerveau
Fantômes qui vivons séparés de nous-mêmes
Vainement nous nous préparions au renouveau
Nous n'avons inventé que d'anciens blasphèmes

Allons-nous retrouver la vie ô faux défunts
Car est-ce une porte qui s'ouvre enfin car est-ce
Enfin le printemps qui arrive et son parfum
Bouleverse le vent ainsi qu'une caresse

Pour qui pourtant les fleurs hormis toi que j'aimai
Et le plus beau printemps je ne saurais qu'en faire
Sans toi mais le plus bel avril le plus doux mai
Sans toi ne sont que deuil ne sont sans toi qu'enfer

Rendez-moi rendez-moi mon ciel et ma musique
Ma femme sans qui rien n'a chanson ni couleur
Sans qui Mai n'est pour moi que le désert physique
Le soleil qu'une insulte et l'ombre une douleur

ROMANCE DU TEMPS QU'IL FAIT

Jeunes raisons vieilles folies
Où vont les spectres des monarques
Et les modernes Ophélies
Notre monde atroce démarque
Le royaume de Danemark

Homme il est pourri ton royaume
Hélas hélas pauvre Yorick
Pauvre Pierre ou pauvre Guillaume
Morts de vos rêves chimériques
Sans avoir trouvé l'Amérique

Le Roi n'a pas voulu la guerre
Il préfère les tragédies
La Cour avait reçu naguère
Le calculateur Inaudi
La reine n'a pas applaudi

Son Excellence au cimetière
Quel ministre a le cœur troué
Polonius sous la portière
Crève au mur comme un rat cloué
Hamlet par Dieu c'est bien joué

Toujours prêts à remplir vos poches
Vous ressemblez à trop de gens
Rosencrantz Guildenstern fantoches
Vous qui tuez pour de l'argent
Celui qui vous fut indulgent

Mais le maréchal-des-logis
A qui je montre ces versets
Se perd dans mes analogies
Veut à tout prix savoir qui c'est
Et moi je lui réponds Qui sait

Je tiens la clef de ces parades
Ça me plaît de dire Moi je
Le mystère en prend pour son grade
Tant pis s'il vous est outrageux
Je garde le secret du jeu

Sais-je qui je suis qui vous êtes
O cavaliers sans chevaux car
Quand vous cherchez dans vos musettes
Votre gamelle ou votre quart
Vous rêvez bal java bocard

On rêve comme vous mon Prince
On peut bien s'en payer un grain
Être ou ne pas être Eh bien mince
On battra la campagne un brin
Dans nos voitures tous terrains

Les femmes que nous intriguons
Cherchent à lire nos emblèmes

Les sphinx ça connaît les dragons
Et d'idéales DLM
Se battent contre leurs problèmes

Fumer danser boire et manger
Et quand Mai vient le cœur soupire
Le cœur humain n'a pas changé
Il est aussi fou sinon pire
Qu'il était aux jours de Shakespeare

Sur le petit et le grand Belt
La mort passe avec ses amants
Celle que j'aime est la plus belle
Tais-toi jeune étourdi ou mens
L'heure n'est plus aux longs serments

La liberté nous abandonne
Ça fait une grande clameur
Elle a pris de la belladone
Dans Elseneur elle se meurt
Mon amour pas un mot Demeure

Black out Terre et ciel sans phares
Elle dit N'ouvre plus tes bras
Et lui reste sourd aux fanfares
Dont la nuit pourtant se timbra
O trompettes de Fortinbras

LE POÈME INTERROMPU

Même tout seul l'oiseau au fort
Du massacre ne s'est pas tu
Nous aurons chanté combattu
Ma belle amour mais où es-tu
Porteurs d'animaux et d'amphores
Voici venir doux et têtus
Les champs de Mai pleins de laitues
Comme à l'église les statues
Des saints pèlerins zoophores
Peintes de toutes les vertus

Saison des couleurs avenir
Sans force encore au jour naissant
Blême blessé que l'aube assemble
Quel songe dans le ciel enjambe
La nuit qui ne veut plus finir
Comme aux temps d'autrefois tu trembles
Nos cœurs disjoints vont toujours l'amble
Un printemps au printemps ressemble
Sans toi ce n'est qu'un souvenir
Notre printemps c'est d'être ensemble

Faible soleil désemparé
Triste comme un hôtel à vendre
Comme un feu qui ne peut reprendre
Comme un baiser qu'on ne peut rendre
Ce matin les rideaux tirés
Revoici la brume des Flandres
Notre printemps se fait attendre
Le ciel est facile à comprendre
Lorsque nous sommes séparés
Pourquoi l'air se ferait-il tendre

Qu'est le bonheur Pour tout frisson
Les amants de Vérone n'eurent
Que le noir véronal qu'ils burent
Mais à toi ce verre d'azur
Ce trille étrange ma chanson
D'entre les chars et les armures
Elle monte Elle est assez pure
Pour passer par-dessus les murs
Et les gens que nous connaissons
O mon amour ô ma blessure

. . . .
. . . .

10 mai 1940, au petit matin.

LES LILAS ET LES ROSES

O mois des floraisons mois des métamorphoses
Mai qui fut sans nuage et Juin poignardé
Je n'oublierai jamais les lilas ni les roses
Ni ceux que le printemps dans ses plis a gardés

Je n'oublierai jamais l'illusion tragique
Le cortège les cris la foule et le soleil
Les chars chargés d'amour les dons de la Belgique
L'air qui tremble et la route à ce bourdon d'abeilles
Le triomphe imprudent qui prime la querelle
Le sang que préfigure en carmin le baiser
Et ceux qui vont mourir debout dans les tourelles
Entourés de lilas par un peuple grisé

Je n'oublierai jamais les jardins de la France
Semblables aux missels des siècles disparus
Ni le trouble des soirs l'énigme du silence
Les roses tout le long du chemin parcouru
Le démenti des fleurs au vent de la panique
Aux soldats qui passaient sur l'aile de la peur
Aux vélos délirants aux canons ironiques
Au pitoyable accoutrement des faux campeurs

Mais je ne sais pourquoi ce tourbillon d'images
Me ramène toujours au même point d'arrêt
A Sainte-Marthe Un général De noirs ramages
Une villa normande au bord de la forêt
Tout se tait L'ennemi dans l'ombre se repose
On nous a dit ce soir que Paris s'est rendu
Je n'oublierai jamais les lilas ni les roses
Et ni les deux amours que nous avons perdus

Bouquets du premier jour lilas lilas des Flandres
Douceur de l'ombre dont la mort farde les joues
Et vous bouquets de la retraite roses tendres
Couleur de l'incendie au loin roses d'Anjou

ENFER-LES-MINES

Charade à ceux qui vont mourir Égypte noire
Sans Pharaon qu'on puisse implorer à genoux
Profil terrible de la guerre Où sommes-nous
Terrils terrils ô pyramides sans mémoire

Est-ce Hénin-Liétard ou Noyelles-Godault
Courrières-les-Morts Montigny-en-Gohelle
Noms de grisou Puits de fureur Terres cruelles
Qui portent çà et là des veuves sur leurs dos

L'accordéon s'est tu dans le pays des mines
Sans l'alcool de l'oubli le café n'est pas bon
La colère a le goût sauvage du charbon
Te souviens-tu des yeux immenses des gamines

Adieu disent-ils les mineurs dépossédés
Adieu disent-ils et dans le cœur du silence
Un mouchoir de feu leur répond Adieu C'est Lens
Où des joueurs de fer ont renversé leurs dés

Était-ce ici qu'ils ont vécu Dans ce désert
Ni le lit de l'amour dans le logis mesquin

Ni l'ombre que berçait l'air du Petit Quinquin
Rien n'est à eux ni le travail ni la misère

Ils s'en iront puisqu'on les chasse ils s'en iront
C'est fini les enfants qu'on lave à la fontaine
Tandis que chante sous un ciel tissé d'antennes
La radio des bricoleurs dans les corons

Ils n'iront plus le soir danser à la ducasse
L'anthracite s'éteint aux pores de leur peau
Ils n'allumeront plus la lampe à leur chapeau
Ils s'en iront ils s'en iront puisqu'on les chasse

Les toits se sont assis sur le sol sans façon
Qui marche en plein milieu des étoiles brisées
Des fuyards jurent à mi-voix Une fusée
Promène dans la nuit sa muette chanson

TAPISSERIE DE LA GRANDE PEUR

Le paysage enfant de la terreur moderne
A des poissons volants sirènes poissons-scies
Qu'écrit-il blanc sur bleu dans le ciel celui-ci
Hydre-oiseau qui fait songer à l'hydre de Lerne
Écumeur de la terre oiseau-pierre qui coud
L'air aux maisons oiseau strident oiseau-comète
Et la géante guêpe acrobate allumette
Qui met aux murs flambants des bouquets de coucous
Ou si ce sont des vols de flamants qui rougissent
O carrousel flamand de l'antique sabbat
Sur un manche à balai de Messerschmidt s'abat
C'est la nuit en plein jour du nouveau Walpurgis
Apocalypse époque Espace où la peur passe
Avec son grand transport de pleurs et de pâleurs
Reconnais-tu les champs la ville et les rapaces
Le clocher qui plus jamais ne sonnera l'heure
Les chariots bariolés de literies
Un ours Un châle Un mort comme un soulier perdu
Les deux mains prises dans son ventre Une pendule
Les troupeaux échappés les charognes les cris
Des bronzes d'art à terre Où dormez-vous ce soir
Et des enfants juchés sur des marcheurs étranges
Des gens qui vont on ne sait où tout l'or des granges

Aux cheveux Les fossés où l'effroi vient s'asseoir
L'agonisant que l'on transporte et qui réclame
Une tisane et qui se plaint parce qu'il sue
Sa robe de bal sur le bras une bossue
La cage du serin qui traversa les flammes
Une machine à coudre Un vieillard C'est trop lourd
Encore un pas Je vais mourir va-t'en Marie
La beauté des soirs tombe et son aile marie
A ce Breughel d'Enfer un Breughel de Velours

COMPLAINTE POUR L'ORGUE
DE LA NOUVELLE BARBARIE

Ceux qu'arrêtèrent les barrages
Sont revenus en plein midi
Morts de fatigue et fous de rage
  Sont revenus en plein midi
  Les femmes pliaient sous leur charge
  Les hommes semblaient des maudits
Les femmes pliaient sous leur charge
Et pleurant les jouets perdus
Leurs enfants ouvraient des yeux larges
  Et pleurant leurs jouets perdus
  Les enfants voyaient sans comprendre
  Leur horizon mal défendu
Les enfants voyaient sans comprendre
La mitrailleuse au carrefour
La grande épicerie en cendres
  La mitrailleuse au carrefour
  Les soldats parlaient à voix basse
  Un colonel dans une cour
Les soldats parlant à voix basse
Comptaient leurs blessés et leurs morts
A l'école dans une classe
  Comptaient leurs blessés et leurs morts
  Leurs promises que diront-elles

46

O mon amie ô mon remords
Leurs promises que diront-elles
Ils dorment avec leurs photos
Le ciel survit aux hirondelles

Ils dorment avec leurs photos
Sur les brancards de toile bise
On les enterrera tantôt

Sur les brancards de toile bise
On emporte des jeunes gens
Le ventre rouge et la peau grise

On emporte des jeunes gens
Mais qui sait si c'est bien utile
Ils vont mourir laissez Sergent

Mais qui sait si c'est bien utile
S'ils arrivent à Saint-Omer
Entre nous qu'y trouveront-ils

S'ils arrivent à Saint-Omer
Ils y trouveront l'ennemi
Ses chars nous coupent de la mer

Ils y trouveront l'ennemi
On dit qu'ils ont pris Abbeville
Que nos péchés nous soient remis

On dit qu'ils ont pris Abbeville
Ainsi parlaient des artilleurs
Regardant passer les civils

Ainsi parlaient des artilleurs
Semblables à des ombres peintes
Les yeux ici la tête ailleurs

Semblables à des ombres peintes
Un passant qui soudain les vit
Sauvagement rit de leurs plaintes

Un passant qui soudain les vit
Il était noir comme les mines
Il était noir comme la vie

Il était noir comme les mines
Ce géant qui rentrait chez lui
A Méricourt ou Sallaumines
Ce géant qui rentrait chez lui
Leur cria Nous tant pis on rentre
Si c'est les obus ou la pluie
Leur cria Nous tant pis on rentre
Mieux vaut cent fois chez soi crever
D'une ou deux balles dans le ventre
Mieux vaut cent fois chez soi crever
Que d'aller en terre étrangère
Mieux vaut la mort où vous vivez
Que d'aller en terre étrangère
Nous revenons nous revenons
Le cœur lourd la panse légère
Nous revenons nous revenons
Sans larmes sans espoir sans armes
Nous qui voulions partir mais non
Sans larmes sans espoir sans armes
Ceux qui vivent en paix là-bas
Nous ont dépêché leurs gendarmes
Ceux qui vivent en paix là-bas
Nous ont renvoyés sous les bombes
Nous ont dit On ne passe pas
Nous ont renvoyés sous les bombes
Eh bien nous revenons ici
Pas besoin de creuser nos tombes
Eh bien nous revenons ici
Avec nos enfants et nos femmes
Pas besoin de dire merci
Avec leurs enfants et leurs femmes
Saints Christophes de grand chemin
Sont partis du côté des flammes
Saints Christophes de grand chemin

Les géants qui se profilèrent
Sans même un bâton dans la main
Les géants qui se profilèrent
Sur le ciel blanc de la colère

RICHARD II QUARANTE

Ma patrie est comme une barque
Qu'abandonnèrent ses haleurs
Et je ressemble à ce monarque
Plus malheureux que le malheur
Qui restait roi de ses douleurs

Vivre n'est plus qu'un stratagème
Le vent sait mal sécher les pleurs
Il faut haïr tout ce que j'aime
Ce que je n'ai plus donnez-leur
Je reste roi de mes douleurs

Le cœur peut s'arrêter de battre
Le sang peut couler sans chaleur
Deux et deux ne fassent plus quatre
Au Pigeon-Vole des voleurs
Je reste roi de mes douleurs

Que le soleil meure ou renaisse
Le ciel a perdu ses couleurs
Tendre Paris de ma jeunesse
Adieu printemps du Quai-aux-Fleurs
Je reste roi de mes douleurs

Fuyez les bois et les fontaines
Taisez-vous oiseaux querelleurs
Vos chants sont mis en quarantaine
C'est le règne de l'oiseleur
Je reste roi de mes douleurs

Il est un temps pour la souffrance
Quand Jeanne vint à Vaucouleurs
Ah coupez en morceaux la France
Le jour avait cette pâleur
Je reste roi de mes douleurs

ZONE LIBRE

Fading de la tristesse oubli
Le bruit du cœur brisé faiblit
Et la cendre blanchit la braise
J'ai bu l'été comme un vin doux
J'ai rêvé pendant ce mois d'août
Dans un château rose en Corrèze

Qu'était-ce qui faisait soudain
Un sanglot lourd dans le jardin
Un sourd reproche dans la brise
Ah ne m'éveillez pas trop tôt
Rien qu'un instant de bel canto
Le désespoir démobilise

Il m'avait un instant semblé
Entendre au beau milieu des blés
Confusément le bruit des armes
D'où me venait ce grand chagrin
Ni l'œillet ni le romarin
N'ont gardé le parfum des larmes

J'ai perdu je ne sais comment
Le noir secret de mon tourment

A son tour l'ombre se démembre
Je cherchais à n'en plus finir
Cette douleur sans souvenir
Quand parut l'aube de septembre

Mon amour j'étais dans tes bras
Au dehors quelqu'un murmura
Une vieille chanson de France
Mon mal enfin s'est reconnu
Et son refrain comme un pied nu
Troubla l'eau verte du silence

OMBRES

Ils contemplaient le grand désastre sans comprendre
D'où venait le fléau ni d'où venait le vent
Et c'est en vain qu'ils interrogeaient les savants
Qui prenaient après coup des mines de Cassandre

Avons-nous attiré la foudre par nos rires
Et le pain renversé qui fait pleurer les anges
N'avons-nous pas cloué la chouette à nos granges
Le crapaud qui chantait je l'ai mis à mourir

Aurais-tu profané l'eau qui descend des neiges
En menant les chevaux boire à leur mare bleue
En août lorsque ce sont des étoiles qu'il pleut
Qui de vous formula des souhaits sacrilèges

La malédiction des échelles franchies
Devra-t-elle toujours peser sur nos épaules
Nos vignes nos enfants nos rêves nos troupeaux
La colère du ciel peut-elle être fléchie

Ils regardent la nue ainsi que des sauvages
Et s'étonnent de voir voler chose insensée

Sous l'aile des oiseaux leurs couleurs offensées
Sans savoir déchiffrer l'énigme ou le présage

Nostradamus Cagliostro le Grand Albert
Sont leur refuge d'ombre et leur abêtissoir
Ils vont leur demander remède pour surseoir
Au malheur étoilé des miroirs qui tombèrent

Leur sang ressemble au vin des mauvaises années
Ils prétendent avoir mangé trop de mensonges
Ils ont l'air d'avoir égaré la clef des songes
Le téléphone échappe à leurs mains consternées

A leurs poignets ils ne liront plus jamais l'heure
Reniant le monde moderne et les machines
Eux qui croyaient avoir la muraille de Chine
Entre la grande peste et leurs bateaux de fleurs

Quelle conjugaison des astres aux naissances
Expliquerait leur nudité leur dénûment
Et ces chemins déserts de Belle au Bois dormant
Sous la dérision des pompes à essence

Dans le trouble sacré qu'enfantent leurs remords
Tout ce qu'ils ont appris leur paraît misérable
Ils doutent du soleil quand le sort les accable
Ils doutent de l'amour pour avoir vu la mort

LES CROISÉS

Reine des cours d'amour ô princesse incertaine
C'est à toi que rêvaient les mourants au désert
Beaux fils désespérés qui pour toi se croisèrent
Éléonore Éléonore d'Aquitaine

Elle avait inventé pour le cœur fou des sages
Tous les crucifiements d'un cérémonial
Ce n'est pas pour si peu qu'on l'excommunia
Livide au vide fait de la fuite des pages

Mais ses adorateurs barons et troubadours
Se souvinrent d'avoir suivi Pierre l'Ermite
Chevaliers morfondus de la reine maudite
Avec ses lévriers ses lions et ses ours

Ils se souvinrent du frisson sous les grands chênes
Dans la ville romane où Pierre leur parlait
Vézelay Vézelay Vézelay Vézelay
Et ses manches semblaient lourdes du poids des chaînes

Le Saint Sépulcre alors ce n'était rien pour eux
Écoutaient-ils les mots des lèvres diaphanes

Qu'ils y mêlaient un jeu terriblement profane
Amoureux amoureux amoureux amoureux

Ah quand ils entendaient dire La Terre Sainte
S'ils joignaient leurs clameurs aux cris fanatisés
C'est qu'aux mots les plus purs il pleuvait des baisers
Et son absence encore au silence était peinte

Le clair obscur jetait sur sa robe en damier
Le clair obscur jetait sur sa robe un damier
Quand le prédicateur disait Jérusalem
Et ses yeux s'éclairaient comme un vol de ramiers

Plus tard plus tard après la démente aventure
Dont j'aime autant ne pas parler comme vous faites
Parce que j'ai le cœur plein d'une autre défaite
A laquelle il n'y a pas de deleatur

Plus tard plus tard quand la souveraine bannie
Eut quitté son palais la France et ses amours
Ils retrouvèrent la mémoire de ces jours
Et les mots passionnés de leurs litanies

Éveillèrent la rime inverse des paroles
Du prêcheur noir et blanc qu'ils avaient bafoué
La croix a pris pour eux un sens inavoué
Sans crime on peut nommer Sang-du-Christ les girolles

Mais ce ne fut enfin que dans quelque Syrie
Qu'ils comprirent vraiment les vocables sonores
Et blessés à mourir surent qu'Éléonore
C'était ton nom Liberté Liberté chérie

ELSA JE T'AIME

Au biseau des baisers
Les ans passent trop vite
Évite évite évite
Les souvenirs brisés

Oh toute une saison qu'il avait fait bon vivre
Cet été fut trop beau comme un été des livres
Insensé j'avais cru pouvoir te rendre heureuse
Quand c'était la forêt de la Grande Chartreuse
Ou le charme d'un soir dans le port de Toulon
Bref comme est le bonheur qui survit mal à l'ombre

Au biseau des baisers
Les ans passent trop vite
Évite évite évite
Les souvenirs brisés

Je chantais l'an passé quand les feuilles jaunirent
Celui qui dit adieu croit pourtant revenir
Il semble à ce qui meurt qu'un monde recommence
Il ne reste plus rien des mots de la romance
Regarde dans mes yeux qui te voient si jolie
N'entends-tu plus mon cœur ni moi ni ma folie

Au biseau des baisers
Les ans passent trop vite
Évite évite évite
Les souvenirs brisés

Le soleil est pareil au pianiste blême
Qui chantait quelques mots les seuls toujours les mêmes
Chérie Il t'en souvient de ces jours sans menace
Lorsque nous habitions tous deux à Montparnasse
La vie aura coulé sans qu'on y prenne garde
Le froid revient Déjà le soir Le cœur retarde

Au biseau des baisers
Les ans passent trop vite
Évite évite évite
Les souvenirs brisés

Ce quatrain qui t'a plu pour sa musique triste
Quand je te l'ai donné comme un trèfle flétri
Stérilement dormait au fond de ma mémoire
Je le tire aujourd'hui de l'oublieuse armoire
Parce que lui du moins tu l'aimais comme on chante
Elsa je t'aime ô ma touchante ô ma méchante

Au biseau des baisers
Les ans passent trop vite
Évite évite évite
Les souvenirs brisés

Rengaine de cristal murmure monotone
Ce n'est jamais pour rien que l'air que l'on fredonne
Dit machinalement des mots comme des charmes

Un jour vient où les mots se modèlent aux larmes
Ah fermons ce volet qui bat sans qu'on l'écoute
Ce refrain d'eau tombe entre nous comme une goutte

Évite évite évite
Les souvenirs brisés
Au biseau des baisers
Les ans passent trop vite

LA RIME EN 1940

Que la poésie est scandale à ceux qui ne sont pas poètes, c'est de quoi en tout temps les poètes ont témoigné, et plus qu'aucun autre cet Arthur Rimbaud qui domine les temps modernes du poème. Ce n'est pas le moindre de leurs crimes aux yeux de ceux qui chasseraient bien les poètes de la République, que ceux-ci se livrent aux confins de la pensée et de la chanson à un jeu qui déconcerte la raison pratique, comme l'écho humilie celui qui croit que la montagne se moque de lui. Je veux parler de la rime.

Qu'elle a été une invention humaine, un dépassement de l'expression par soi-même, et *un progrès*, cela est indéniable. L'extraordinaire est qu'un moment est venu où ce ne furent plus les ennemis de la poésie, mais les poètes qui la condamnèrent. Ce moment naturel de la réflexion poétique commence avec la boutade rimée de Verlaine :

> *Ah ! qui dira les torts de la rime?*
> *Quel enfant sourd ou quel nègre fou*
> *Nous a forgé ce joujou d'un sou*
> *Qui sonne creux et faux sous la lime?*

Mais, dans les cinquante dernières années, cette désaffection de la rime chez les poètes, puissamment aidée par l'emploi qu'après Banville en firent tous les Edmond Rostand de la terre, atteignit à la négation de sa valeur poétique. C'est, avec de singulières contradictions pourtant, le point de vue des surréalistes : bien que peut-être le chef-d'œuvre de la poésie proprement surréaliste soient ces « Jeux de mots » que Robert Desnos, poursuivant une veine ouverte par Marcel Duchamp, poussa à la perfection et où tout est rime, où la rime est prise à son comble, ne se borne plus aux bouts-rimés, mais pénètre le vers entier comme dans le célèbre distique :

Gal, amant de la Reine, alla (tour magnanime),
Galamment de l'arène à la Tour Magne, à Nîmes.

Cette sévère critique de la rime a par ailleurs abouti à sa disparition totale dans la poésie contemporaine. Le moment est venu de s'interroger à ce sujet, et de chercher les raisons de cette décadence qui atteint le poème, mais n'a presque pas touché la chanson.

Le dégoût de la rime provient avant toute chose de l'abus qui en a été fait dans un but de pure gymnastique, si bien que, dans l'esprit de la plupart des hommes, *rimer*, qui fut le propre des poètes, est devenu par un étrange coup du sort, le contraire de la poésie. Il en est ainsi pour le moins en français, mais non pas dans les autres langues vivantes, où particulièrement les inflexions de l'accent tonique permettent la création incessante de rimes nouvelles. La dégénérescence de la rime française vient de sa fixation, de ce que toutes les rimes sont connues ou passent pour être connues, et que nul n'en peut plus inventer de nouvelles, et que, par suite, rimer c'est toujours imiter ou plagier, reprendre l'écho affaibli de vers antérieurs.

Certains poètes, au début du vingtième siècle, ont reconnu avec plus ou moins de netteté cette maladie de la rime, et ont cherché à l'en guérir. Pour parler du plus grand, Guillaume Apollinaire tenta de rajeunir la rime en redéfinissant ce que classiques et romantiques appelaient rimes féminines et rimes masculines. Au lieu que la distinction entre ces deux sortes de rimes se fît par la présence ou l'absence d'un e muet à la fin du mot rimeur, pour Apollinaire étaient rimes féminines tous les mots qui se terminent à l'oreille sur une consonne prononcée (et c'est ainsi que les rimes honteuses que Mallarmé cachait dans le corps de ses vers — *Tristement DORT une manDORE* — devenaient rimes riches et permises, tandis que pour lui étaient rimes masculines toutes celles qui s'achèvent par une voyelle ou une nasale. D'où la liberté que riment entre eux des mots comme *exil* et *malhabile* (*Larron des fruits*) et disparaît la différence byzantine qu'on entretenait entre l'*oie* et *loi*.

Mais cette médication symptomatique de la rime ne suffit pas à la guérir. Vite, on pouvait faire le tour, l'inventaire des nouveaux accouplements permis aux vers. Au fait, ce n'était rien inventer, et la poésie populaire française avait, sans en formuler les règles apollinariennes, déjà utilisé ces ressources de la rime : *Ma fille, c'est un cheval gris — S'est étranglé dans l'écurie*, dit la « Chanson du Roi Renaud ». Parfois même elle modifiait, accentuait la prononciation pour forcer la rime : *J'ai trois vaisseaux dessus la mer qui brille — L'un chargé d'or, l'autre d'argenterille*. Ou comme dans cette chanson de « Compère Guilleri » où, pour rimer avec le nom du compère, tous les infinitifs de la deuxième conjugaison perdent tout simplement l'*r* terminale : et l'on dit : *mouri, couri,* pour mourir, courir. De même que dans le « Conscrit du Languedoc », on écrit : *Faut quitter le Languedô — Avec le sac sur le dos.* Par ailleurs, la rime est la clef, la véritable gardienne de la prononciation populaire : *Mes amis que reste-t-i — A ce dauphin si genti...* dit par exemple l'air des « Cloches de Vendôme ». Et nous dirions *Vilon* comme tout le monde, si François Villon ne s'était prémuni contre notre ignorance en faisant rimer son nom avec couillon.

Dans les complaintes plus récentes comme « Le Retour du Soldat », la musique joue même pour forcer à des prononciations fausses à la rime : *Mon brave, je le voudrais bien — Vous faire entrer dans ma demeure — Hélas, nous n'avons presque rien — Cependant vous blessez mon cœur(e)* et l'*e* muet s'ajoute et se prononce comme dans les chansons et les poèmes du père Ubu.

Toutes ces traditions qui viennent se croiser aux expériences des poètes, comme les fleurs des champs à des fleurs de serre, montrent combien en réalité la rime n'est point usée, mais seulement le cœur lâche de ceux qui croient que tout a été rimé et qu'il n'y a pas de métal nouveau sous le soleil qui puisse rendre un son inconnu au bout des vers. Cependant les savants inventent le radium, découvrent l'hélium, l'iridium, le sélénium. Et la vie et l'histoire broient les hommes dans des creusets modernes et barbares. Nous sommes en 1940. J'élève la voix et je dis qu'il n'est pas vrai qu'il n'est point de rimes nouvelles, quand il est un monde nouveau. Qui a fait entrer encore dans le vers français le langage de la T.S.F. ou celui des géométries non euclidiennes? Presque chaque chose à quoi nous nous heurtons dans cette guerre étrange qui est le paysage d'une poésie inconnue et terrible est nouvelle au langage et étrangère encore à la poésie. Univers inconnaissable par les moyens actuels de la science, nous l'atteignons par le travers des mots, par cette méthode de connaissance qui s'appelle la poésie, et nous gagnons ainsi des années et des années sur le temps ennemi des hommes. Alors la rime reprend sa dignité, parce qu'elle est l'introductrice des choses nouvelles dans l'ancien et haut langage qui est à soi-même sa fin, et qu'on nomme poésie. Alors la rime cesse d'être dérision, parce qu'elle participe à la nécessité du monde réel, qu'elle est le chaînon qui lie les choses à la chanson, et qui fait que les choses chantent.

Jamais peut-être faire chanter les choses n'a été plus urgente et noble mission à l'homme, qu'à cette heure où il est plus profondément humilié, plus entièrement dégradé que jamais. Et nous sommes sans doute plusieurs à en avoir conscience, qui aurons le courage de maintenir, même dans le fracas de l'indignité, la véritable parole humaine, et son orchestre à faire pâlir les rossignols. A cette heure où la déraisonnable rime redevient la seule raison. Réconciliée avec le sens. Et pleine du sens comme un fruit mûr de son vin.

Nous venons de traverser une période où la décomposition du vers était devenue aussi habituelle que le taratata des pieds bien comptés du dix-huitième siècle, et sans doute la poésie logorrhéique de ces dernières années aura le même sort que les vers à l'aune du temps des bergeries. La liberté dont le nom fut usurpé par le vers libre reprend aujourd'hui ses droits, non dans le laisser-aller, mais dans le travail de l'invention.

Nous sommes à la veille d'une période aussi riche et aussi neuve que le fut l'ère romantique, quand le vers classique, cassé, désarticulé, se plia à des règles nouvelles, le plus souvent non écrites. Cet *escalier... Dérobé*, d'*Hernani*, qui est resté le type même de l'innovation romantique, demeure à l'heure qu'il est encore une leçon d'intolérable lyrisme à qui n'est pas poète, et c'est à titre de simple échantillon que je préconiserai ici l'enjambement moderne, surenchère à l'enjambement romantique, où ce n'est pas le sens seul qui enjambe, mais le son, la rime, qui se décompose à cheval sur la fin du vers et le début du suivant :

> *Ne parlez pas d'amour. J'écoute mon cœur* battre
> *Il couvre les refrains sans fil qui l'ont grisé*
> *Ne parlez plus d'amour Que fait-elle là-bas*
> *Trop proche et trop lointaine ô temps martyrisé*

(si l'on me permet de me citer sans honte). Ce morcellement de la rime enjambée ouvre une des possibilités de la rime moderne, varie le sens et le jeu de la rime, le lexique des rimes, elle rend impossible le déconcertant *dictionnaire* si comique et qu'on trouve encore dans les boîtes des quais. Elle augmente indéfiniment le nombre des rimes françaises puisqu'elle permet de transformer toutes, ou presque toutes, les rimes masculines apollinariennes (terminées par un son de voyelle) en rimes apollinariennes féminines par l'adjonction de la première consonne ou du premier groupe de consonnes du vers suivant. Elle fait ici le contraire de la chanson populaire, qui négligeait la consonne finale d'un mot pour le rimer avec un mot terminé par une voyelle (cf. l'exemple de « Compère Guilleri »), et il va de soi qu'elle précipite le mouvement d'un vers sur l'autre pour des effets qu'utilise la voix, et que le sens supérieur du poème vient dicter. Je me citerai encore :

> *Parler d'amour c'est parler d'elle et parler d'elle*
> *C'est toute la musique et ce sont les jardins*

> *Interdits où Renaud s'est épris d'Armide et l'*
> *Aime sans en rien dire absurde paladin.*

où l'écriture nous permet (au choix) d'adjoindre *l'* au troisième ou quatrième vers, et qui est aussi un exemple d'un genre de rime qui pour avoir toujours existé n'a été employé qu'avec une crainte du ridicule qui touche à la timidité. Je veux parler de la rime complexe, faite de plusieurs mots décomposant entre eux le son rimé :

> *... Un seul moment d'ivresse*
> *Un moment de folie un moment de bonheur*
> *Que savent-ils du monde et peut-être vivre est-ce*
> *Tout simplement Maman mourir de très bonne heure*

Exemple où les deux rimes sont décomposées en plusieurs mots quand elles sont reprises. Un mouvement inverse, la synthèse de la rime décomposée, se trouve dans ces trois vers :

> *Nous ne comprenons rien à ce que nos fils aiment*
> *Aux fleurs que la jeunesse ainsi qu'un défi sème*
> *Les roses de jadis vont à nos emphysèmes*

où le mot *emphysèmes* est la résolution de l'accord deux fois tenté.

L'emploi simultané de la rime enjambée et de la rime complexe permet l'emploi dans le vers français de tous les mots de la langue sans exception, même de ceux qui sont avérés sonorement impairs et que jamais personne n'a jusqu'ici mariés à d'autres mots avec l'anneau de la rime. Toutes les formes du langage aussi, dont certaines étaient laissées à l'écart par le vers classique et même le vers romantique, reçoivent enfin le droit de cité dans le vers [1], où la rime légitime l'hiatus par son assimilation à la diphtongue, pour m'en tenir à cet exemple. A cet égard comme au précédent, la strophe suivante (qui donne en particulier trois rimes au mot *Ourcq*) est concluante :

> *Que les heures tuées*
> *Guerre à Crouy-sur-Ourcq*
> *Meurent mal Et tu es*
> *Mon âme et mon vautour*
> *Camion de buées*
> *Mélancolique amour*
> *Qui suit l'avenue et*
> *Capitaine au long cours*
> *Quitte pour les nuées*
> *Les terres remuées* [2]

Je cesse avec celui-ci mes exemples, certain d'avoir montré la voie aux chercheurs d'équations poétiques nouvelles, et déjà assuré de ce hochement de tête qui accueillera au printemps 1940 de semblables considérations. Alfred de Musset, il y a cent ans, protestait contre l'exigence de ceux qui demandaient à la rime une lettre d'appui de plus qu'on ne l'avait fait avant eux. Il les considérait comme des ennemis de la liberté, comme des

1. La seconde personne du singulier de tous les temps, de tous les verbes commençant par une voyelle, notamment.

2. Il y aurait sur cet exemple à faire remarquer la légitimation de l'hiatus par la rime composée, et son équivalent sonore parfait (*Et tu es — tuées*), l'absurdité de la vieille prohibition démontrée par un exemple parallèle qu'eût autorisé la prosodie traditionnelle (*l'avenue et — nuées*). L'hiatus est ramené à la dipthongue.

museleurs de la pensée. Plût au ciel qu'il n'y eût pour museler cette dame de pierre qui surmonte le poète des Nuits, place du Théâtre-Français, que les éplucheurs de rimes ! Depuis cent ans, le genre ignorantin a fait des pas de géant, et par un renversement singulier des valeurs le perfectionnement de la rime et de la technique du vers aujourd'hui met au service de l'inexprimable les ressources de ses nuances infinies. Une lettre de plus à la rime, c'est une porte sur ce qui ne se dit point. Un jour viendra, j'en suis sûr, où cela sera clair pour tout le monde, comme sont aujourd'hui clairs les desseins d'un Victor Hugo, ignorés de lui-même au temps de Nourmahal-la-Rousse, et qui pourtant le menaient droit, par les batailles livrées dans le champ de pommes de terre des mots, au rocher surhumain de Guernesey, sans lequel, dit Barrès, ou à peu près, l'avenir ne l'aurait point aperçu.

BIBLIOGRAPHIE

VINGT ANS APRÈS. — Poème paru dans la *Nouvelle Revue Française*
du 1er décembre 1939. Sur la suggestion de l'éditeur américain
de « Les Voyageurs de l'Impériale », il a été repris en postface
à ce roman dans la traduction d'Hannah Josephson. L'auteur
l'adjoindra à l'édition française. Comme les six poèmes suivants, il a été écrit à Crouy-sur-Ourcq où l'auteur était mobilisé
au 220e R. R. T. (*octobre 1939*).

Note à la première édition du Crève-Cœur (*Paris,* 1941) *qui avait
pour but de légitimer l'adjonction, d'ailleurs finalement omise, du
poème à l'édition américaine, sans qu'on pût accuser, et c'était le
fait, l'auteur d'avoir fait parvenir après la déclaration de guerre
son manuscrit à New York sans le soumettre à la censure, par une
valise diplomatique sud-américaine.*

J'ATTENDS SA LETTRE AU CRÉPUSCULE. — Paru dans la *N. R. F.* du
1er décembre 1939 (*écrit en octobre* 1939).

LE TEMPS DES MOTS CROISÉS. — Paru dans la *N. R. F.* du 1er décembre 1939. Lu pendant la drôle de guerre au Théâtre des
Mathurins et au Théâtre-Français au cours de matinées poétiques (*écrit en octobre* 1939).

PETITE SUITE SANS FIL. — Ces trois poèmes, écrits en novembre
1939, ont été publiés dans la revue *Mesures*, numéro de janvier
1940.

LES AMANTS SÉPARÉS. — Paru aux Armées, dans la revue *Poètes
Casqués* 40, numéro 2, daté du 20 février 1940 (*écrit en décembre*
1939).

LA VALSE DES VINGT ANS. — (*Écrit à Paris en janvier* 1940.)

PERGAME EN FRANCE. — Paru dans la revue *Fontaine*, à Alger, de décembre 1940, écrit comme les suivants au G.S.D. 39, 3e D.L.M. (*fin février* 1940).

SANTA ESPINA. — (*Écrit en mars* 1940.)

LE PRINTEMPS. — Paru dans le numéro 1 de *Poésie* 41, revue faisant suite après la guerre à *Poètes Casqués* 40. Ce poème a été écrit à Condé-sur-l'Escaut, en détachement au 1er Cuirassiers, pendant l'alerte d'avril 1940 à la frontière belge.

ROMANCE DU TEMPS QU'IL FAIT. — (*Écrit en avril* 1940 *à Audencourt.*)

LE POÈME INTERROMPU. — Ce poème écrit à Audencourt, comme le précédent, a été interrompu et mis à la poste à la première heure le 10 mai 1940, l'auteur partant en détachement en avant du régiment de découverte de la 3e D.L.M. qui franchit la frontière dans la matinée.

LES LILAS ET LES ROSES. — Paru dans *Le Figaro* des 21 septembre et 28 septembre (version corrigée) 1940. Écrit après l'armistice, comme tous les poèmes suivants. A Javerlhac (Dordogne) (*juillet* 1940).

ENFER-LES-MINES, TAPISSERIE DE LA GRANDE PEUR, COMPLAINTE POUR L'ORGUE DE LA NOUVELLE BARBARIE ont été écrits en août 1940 à Varetz (Corrèze).

RICHARD II 40, ZONE LIBRE, OMBRES, LES CROISÉS, ELSA JE T'AIME, ont été écrits à Carcassonne, les trois premiers en septembre, les deux derniers en octobre 1940. LES CROISÉS a paru dans le numéro de décembre de *Fontaine*.

∗

LA RIME EN 1940 a paru le 20 avril 1940, aux Armées, dans la revue *Poètes Casqués* 40.

Le Nouveau
Crève-cœur

LE NOUVEAU CRÈVE-COEUR

LIBÉRATION

Est-ce l'anguille ou l'ablette
Qui fait la loi du vivier
Et depuis quand l'alouette
Chasse-t-elle l'épervier

L'homme pousse la brouette
La femme lave à l'évier
Sur le vantail la chouette
Atteste que vous rêviez

DEUX ANS APRÈS

I

Le temps n'est que longue paresse
Aux prés mouillés les soirs sont doux
Restez restez rien ne vous presse
La pluie est si belle au mois d'août

La route oubliait la poussière
Pour les oiseaux et l'horizon
Et la roue tourmentait l'ornière
Dans la fièvre des fenaisons

Mon cœur est une pierre noire
Ramassée au bord du chemin
Et ricochant sur la mémoire
Poursuit la courbe de la main

II

Au fond des campagnes torrides
Immensément déshabitées

Ciel de menace et routes vides,
Qui marche au mépris de l'été

Ces reptiles à bout de souffle
Que la peur pousse Dieu sait où
Leur vert cheminement camouflent
Sous des feuillages déjà roux

Je me souviens de ce désert
Où tout sentait le châtiment
Et le dernier grain du rosaire
Roula dans l'enfer allemand

III

A l'aube de la violence
Le rêve a la fureur du feu
Entre Valréas et Valence
Les jeunes gens menaient le jeu

Faisait-il nuit Faisait-il jour
Qu'en sait le soldat triomphant
Ce fut comme un premier amour
Quand sa force naît à l'enfant

Comme une énorme oaristys
Une chanson jamais chantée
Le vin nouveau de la justice
Et le sang de la liberté

Dans les flammes du paysage
Se sont ouvertes les prisons
On vit le soleil des visages
On mit des drapeaux aux maisons

Il passait des gens en voiture
Qui disaient des faits merveilleux
Le revolver à la ceinture
Et le cœur plus grand que les yeux

Nous qui poussions à la marelle
Le caillou vers le paradis
On trouvait ça tout naturel
Et simple comme je le dis

V

C'était beau comme les Rois Mages
C'était beau comme un feu de bois
L'Histoire de France en images
C'était beau comme ce qu'on croit

Que pesaient ruines et douleurs
L'air nous semblait léger léger
Tout était peint à nos couleurs
Le vent la vie allaient changer

C'était aussi beau qu'au théâtre
Quand le rideau rouge frémit

L'août mil neuf cent quarante-quatre
Où s'en furent les ennemis

VI

La voix des gens quand il fait noir
Que le trèfle est haut cette année
Voulez-vous un peu vous asseoir
O phrases disproportionnées

Ils parlent de ce qui leur chante
Autre refrain Nouveaux couplets
Leurs amours certes sont touchantes
Ils ont les drames qu'il leur plaît

Moi j'écoute un pas sur la route
Un bruit de moteur au lointain
J'écoute j'écoute j'écoute
Un cœur qui faiblit puis s'éteint

                                        Août 1946.

UN TEMPS DE CHIEN

C'était à la fin mai quarante dans les Flandres
Les hommes harassés hésitaient à comprendre
Nous marchions vers la mer avec étonnement

Notre ligne de sort sur cette paume ouverte
Sillonnait à travers des demeures désertes
Un pays qui semblait un long déraillement

Alors un peu partout dans les champs les villages
D'un désespoir muet pathétiques images
Avancèrent vers nous les chiens abandonnés

Ils disaient l'épouvante avec des cabrioles
Eux qui du seul bonheur ayant connu l'école
De parole n'avaient que les tours enseignés

Ils élisaient un maître et des talons où vivre
Comme un morceau de sucre ils mendiaient de suivre
Un soldat sans regard qu'à son propre tombeau

Voici l'heure où parler le langage des sourds
Et je n'ai que mes vers inventés pour l'amour
  Ainsi qu'un chien qui fait le beau

PETITE ÉNIGME DU MOIS D'AOUT

Destinataire parti sans laisser d'adresse
Une carte en couleur Bons baisers de Maman
Ça rend le facteur triste instantanément
      A supposer qu'il s'intéresse

Si vous préférez destinataire inconnu
Derrière ce caillou quelle autruche se cache
L'homme aura beau se teindre et raser sa moustache
      Il se promène en rêve nu

Peut-être est-ce un souvenir des Sables d'Olonne
On y porte la jupe au-dessus du genou
Mais qu'est-ce que ça fait à des gens comme nous
      Fiers de n'aimer rien ni personne

MCMXLVI

C'est la nouvelle duperie
Qui se mène à grandes clameurs
Les mots sont ceux pour qui l'on meurt
On croirait ceux-là qui les crient
Mais l'air auquel ils les marient
N'est pas celui de la patrie

Ce monde est un palais à vendre
Encore habité par le feu
Comme au-dessus le ciel est bleu
Les gens y vivent sans comprendre
Que la toiture en va descendre
Car c'est une maison de cendres

Dans la cour d'honneur on entend
Le concert des anthropophages
Le mensonge à tous les étages
Met ses pots de fleurs éclatants
Sur le perron pâleur du temps
La mort rit d'un rire insultant

Le phono tourne tourne vite
Comme un soleil noir dans un puits

Les danseurs auront cette nuit
Qu'importe ce qui vient ensuite
Cœurs absents Regards qui s'évitent
Pour la vanité de leur fuite

Par la fenêtre j'aperçois
Des enfants tués sur des plages
Et comme on brûle des villages
Les chacals patients s'assoient
Tandis qu'au café se conçoit
La priorité de l'en-soi

D'où vient l'odeur de pourriture
Que si mal masquent nos parfums
Seraient-ce nos rêves défunts
Sans lendemain sans sépulture
Les capitaines d'aventure
Espèrent des pestes futures

Il est des massacres récents
Mais les naufrageurs de chimères
Ont des musiques d'outre-mer
Pour étouffer les cris perçants
Qui n'atteindront plus les passants
Dans ce crépuscule de sang

LE MONDE ILLUSTRÉ

Les hommes ont cette saison
Des pieds de peur des yeux de pierre
Et les songes sous leurs paupières
Semblent des fauves en prison

La poussière du paysage
Est faite de fer et de feu
Le jour a l'air d'un vaste jeu
Qui survit aux anciens ravages

Dans la forêt désenchantée
Les loups vont à pas de velours
C'est la peste de tous les jours
Au soleil de la cruauté

Nous tenons entre gloire et honte
Entre espérance et reniement
La balance des châtiments
Au livre maudit des mécomptes

Nous sommes au gué décevant
Qui va des vivants chez les morts

La passerelle du remords
Qui va des morts chez les vivants

Entre le cœur et la chemise
Il n'est de place qu'au couteau
Est-il trop tard est-il trop tôt
Tout a le parfum des traîtrises

Le vent secret des tyrannies
A fait tourner d'étranges têtes
De qui ces gens sont-ils en quête
Dont la parole désunit

COMPTINE DU QUAI AUX FLEURS

C'est ici que la légende
A mûri comme un grain lourd
Et que l'univers m'entende
Quand je chante mes amours

C'est ce peuple qui commence
Son histoire à Roncevaux
Roland l'ancienne romance
Et Fabien le chant nouveau

Comme on tresse avec la paille
Des paniers de deux couleurs
Je mêle aux noms des batailles
Les brins noirs de nos douleurs

La Bastille et la Commune
Les Bouvines les Valmy
Jeanne et Péri ce n'est qu'une
Longue histoire mes amis

Châteaubriant Timbaut tombe
Brûlez enfants d'Oradour

Au soleil des hécatombes
Sur la France il fait grand jour

Paris sonne la revanche
Que de roses dans Paris
Dans Paris que de pervenches
Et le Luxembourg est pris

Pour achever ma comptine
Je marie en un bouquet
Au romarin l'églantine
La marguerite au muguet

De l'Étoile à la Villette
Et de Montrouge aux Lilas
Violettes violettes
Je vous donne à ces gens-là

VERS D'ALMANACH

Il est un air d'hier qui poursuit ma mémoire
Vous pouvez m'étourdir de nouveaux opéras
Qui l'a chanté toujours toujours le chantera
Aujourd'hui comme alors il fait le cœur moins noir

Quand vivre était amer et le jour insultant
Cet air emplit l'azur interdit de la France
Et devant l'ennemi la profonde espérance
Repeignit l'avenir aux couleurs du beau temps

Vous n'irez pas plus loin disait-elle Barbares
Votre pas est semblable à l'ancienne foulée
Dont ma légende garde empreinte dans ses blés
Je suis comme jadis et la borne et la barre

Vous n'irez pas plus loin que nos vignes flambées
Une autre une autre fois ivres de vos victoires
Vous êtes dans le piège immense de l'histoire
C'est ici le pays des Bastilles tombées

Vous n'irez pas plus loin qu'où le destin vous parque
Pas plus loin que le sang perdu de mes enfants

Notre ciel d'être libre est pour vous étouffant
Vous y portez la mort mais la vôtre vous marque

Vous n'irez pas plus loin que mes amours fauchées
Vous n'irez pas plus loin que le cri des guetteurs
Le triomphe est mortel ici triomphateurs
C'est ici que toujours finit la chevauchée

Vous n'irez pas plus loin que la mer Allemands
Caïn revient toujours sur la tombe d'Abel
Vous n'irez pas plus loin qu'où la vie était belle
Avant votre venue et votre campement

Vous n'irez pas plus loin qu'où cette voile vire
Que le seuil de la nuit le deuil de ce qui fut
Vous nierez vainement ma gloire et mon refus
Vous n'irez pas plus loin qu'où meurent mes navires

Vous n'irez pas plus loin que votre infanterie
Vous n'atteindrez jamais le pied de l'arc-en-ciel
L'âme est comme l'abeille et l'ours n'a que le miel
Qui peut prendre ma ruche et non pas ma patrie

Le feu dans la forêt fait naître un grand bruit d'ailes
Et Péri fusillé se lèvera Fabien
Ce chant jusqu'à la mort mon orgueil et mon bien
C'est la France Écoutez ce chant qui monte d'elle

Écoutez écoutez ce chant jamais éteint
La flamme se nourrit du pied qui la morcelle
Écraser les sarments fait jaillir l'étincelle
Et l'incendie étend ses lueurs au matin

Ce chant de notre sol ce chant couleur des tirs
Ce chant qui continue un chant toujours repris
Ce chant qui fait la chaîne et l'eau n'est point tarie
Qui vient de la profonde aurore des martyrs

C'est la France Écoutez ce chant de déraison
Ce défi cette foi qu'on dit folle et qui flambe
Cette contagion de ciel ce croc-en-jambe
Aux beaux calculs de ceux qui pèsent les poisons

Que dit-il l'ancien chant que nouvellement chante
Ce peuple sans repos cœur ou volet battant
Que dit-il aujourd'hui que ce n'est plus le temps
De la guerre le temps de la guerre évidente

Il dit que l'avenir est comme le charbon
Qu'il faut descendre au puits pour le tirer de terre
La patrie après tout ce n'est pas un mystère
Elle est où je travaille et meurt où nous tombons

Il dit que c'est bien beau les paroles sonores
Et parler de grandeur quand on n'a pas mangé
Que la moisson pourrit qui n'est pas engrangée
Et que la houille attend sur les carreaux du Nord

Nous lorsqu'il s'agissait de traquer l'ennemi
Avons-nous marchandé notre pain à l'ouvrage
L'ennemi ces jours-ci peut changer de visage
A ses valets d'alors nous verrait-on soumis

Ces beaux Messieurs ceux-là qui si bien s'arrangèrent
Lorsque les étrangers faisaient la loi chez nous

Leurs pantalons n'ont pas de pièce à leurs genoux
Et le poids de leurs sous leur fait l'âme légère

Ils auraient bonne mine à donner des leçons
C'est une histoire de tous les jours que la France
Ils en parlent mais nous on la fait Différence
Selon celui qui siffle est autre la chanson

Les danseurs ont livré les secrets de la danse
Ils se lisaient trop clair au miroir de Vichy
Cette flaque de sang qui les a réfléchis
Devant l'homme avec leurs ficelles d'évidence

Que de ladies Macbeth au train que les jours vont
La benzine n'y fait ni tout le clair de lune
De l'histoire ne peut laver la tache brune
A ces doigts dénonciateurs ni le savon

Ce joli monde prêt à l'oubli des injures
Fait un remue-ménage étrange par ici
On conspire à Marbeuf on conspire à Passy
Et déjà des gamins culbutent les voitures

Le peuple ne tient pas de place dans vos plans
Imprudents prenez garde au blé de sa colère
Dans ses bleus de travail il pourrait bien lui plaire
Un beau soir de venir doucher les turbulents

Sa patience est longue et vous-mêmes étonne
Qu'il semble supporter encore cette fois
Mais craignez s'il reprend ce peuple à pleine voix
L'air que pour travailler à mi-voix il fredonne

Car le moment est mûr où le mot liberté
Met aux lèvres de tous un juillet de fournaise
O l'énorme contagion des Marseillaises
Le chant rien ne saura cette fois l'arrêter

CHANSON DU CONSEIL MUNICIPAL

Où sommes-nous Quel ver le soleil ronge
Où sommes-nous odeur d'encre et d'encens
Où sommes-nous ciel couleur de mensonge
Où sommes-nous et qui sont ces passants
          Où sommes-nous

C'était Paris pourtant ces quais de Parme
C'était Paris ces toits bleus tendrement
C'était Paris ses rires et ses larmes
C'était Paris il n'y a qu'un moment
          C'était Paris

Une folie a soufflé sur la France
Une folie aux yeux fardés de suie
Une folie à l'étrange apparence
Une folie à la jupe de nuit
          Une folie

Ah quel boucan quel vacarme incroyable
Ah quel boucan a fait ici son camp
Ah quel boucan ce soir de tous les diables
Ah quel boucan quel boucan quel boucan
          Ah quel boucan

Ne criez pas si fort que l'on s'entende
Ne criez pas vous détraquez l'écho
Ne criez pas divans et dividendes
Ne criez pas l'ail est dans le gigot
    Ne criez pas

Ces revenants suant dans leur suaire
Ces revenants et leurs déconvenues
Ces revenants sont tous dans l'annuaire
Ces revenants sont tous des gens connus
    Ces revenants

On les connaît à leurs jolis principes
On les connaît à leurs petits souliers
On les connaît c'est eux la fine équipe
On les connaît déjà sur l'escalier
    On les connaît

Tout vous est bon pour chiper la brioche
Tout vous est bon que vos pieds soient au chaud
Tout vous est bon qui vous remplit les poches
Tout vous est bon pour nous mettre au cachot
    Tout vous est bon

Évidemment vous avez la manière
Évidemment on n'y voit que du feu
Évidemment la croix et la bannière
Évidemment c'est la règle du jeu
    Évidemment

Aventuriers l'ulcère est sous le masque
Aventuriers vous vous grimez en vain

Aventuriers l'os est blanc sous le casque
Aventuriers le sang n'est pas du vin
                    Aventuriers

Rien qu'à vous voir on fait son épitaphe
Rien qu'à vous voir on tremble pour ses sous
Rien qu'à vous voir on se dit faisons gaffe
Rien qu'à vous voir on se dit casse-cou
                    Rien qu'à vous voir

Si vous voulez vos chiens et vos chimères
Si vous voulez les vignes du coteau
Si vous voulez votre dix-huit brumaire
Si vous voulez vos chats et vos châteaux
                    Si vous voulez

Mes beaux messieurs de poudre et de rapine
Mes beaux messieurs mi-figue mi-raisin
Mes beaux messieurs la rose a des épines
Mes beaux messieurs quand elle est au voisin
                    Mes beaux messieurs

Rappelez-vous place de la Concorde
Rappelez-vous avoir jadis rêvé
Rappelez-vous gens de sac et de corde
Rappelez-vous que dur est le pavé
                    Rappelez-vous

O Conseillers de la Croix-de-Lorraine
O Conseillers mal élus mal assis
O Conseillers la Roche Tarpéienne
O Conseillers n'est pas très loin d'ici
                    O Conseillers

UN REVIREMENT DE LA POLITIQUE
EST POSSIBLE EN FRANCE

O fronts où faussement la sagesse des rides
N'inscrit que le banal rendez-vous du tombeau
Sourcils levés crânes hochants cervelles vides
Le néon dans la nuit trace des mots stupides
Et l'enfer a le pas moutonnier du troupeau

Que pouvez-vous comprendre à ce que l'on vous chante
Bouchés à l'émeri de l'oreille et des yeux
Beaux enfants machinaux de la pensée courante
Vous pour qui le soleil tombe comme des rentes
Et que n'étonne rien ni la couleur des cieux

Vous passez sans les voir au milieu des mystères
Comme le pied du somnambule au bleu des toits
Ou comme Assuérus entre les bras d'Esther
A cent lieues de savoir qu'elle s'obstine à taire
Un peuple ensanglanté dans la couche du Roi

Je peux m'exténuer sur le peigne magique
Des harpes que pour moi font les malheurs du temps
Je peux souffler sur vous les tempêtes lyriques
Et déchirer mon cœur qu'en sorte la musique
Le cygne meurt canard dans vos cafés-chantants

J'ai fait pour vous des vers comme des escarbilles
Vous n'avez pas cligné vos paupières de plomb
Ni tourné vers le feu parallèle vos billes
Les étoiles pour vous c'est de la camomille
La gifle de lueurs mourait à reculons

Une absence de l'âme a peint votre figure
Gens de confection sourires mannequins
Que faut-il pour qu'un jour au fond des devantures
Quelque chose du ciel en vos yeux s'aventure
Exorcisant vos cœurs de leur démon mesquin

Pour qu'un jour oublieux des gestes automates
Vous redécouvriez la bonté de vos mains
Et vos doigts fatigués de nouer des cravates
Se sachant ouvriers de ce que vous aimâtes
Se hâlent à nouveau dans les juillets humains

Pour qu'un jour chaque chose ait à nouveau sa place
Pour qu'un jour chaque enfant ait son lot dévolu
Que la mort ne soit plus ton reflet dans la glace
Et puissent les amants lorsqu'ils se désenlacent
Tendrement repenser à ceux qui ne sont plus

OLIVIER BACHELIN

Jours sans mémoire âtres sans feu mer sans navires
On ne sait déjà plus de quoi le vent se plaint
Qui se souvient de vous chanteurs des Vaux-de-Vire
Qui se souvient de vous Olivier Bachelin

Le ciel est-il moins clair du côté de Coutances
Les nuages moins blancs à nos pommiers neigeux
Le vent qui vient de mer ne sait plus mes romances
On danse d'autre sorte on joue à d'autres jeux

Ceux qui m'ont réveillé l'ont-ils fait pour moi-même
Quel rêve suivent-ils plus jeune que le mien
Pour d'autres ennemis portant d'autres emblèmes
A quoi bon susciter les fantômes anciens

Lorsque les paysans armés de grosses branches
De pierres et de faux guettaient sous la saulaie
Nous arrivions au soir avec la veste blanche
Les filles apportaient pour nous les gobelets
On nous donnait à boire un peu de vin d'Avranches
Les valets de labour chantaient nos virelais
Le petit peuple alors tenait en main le manche

Et du Mont-Saint-Michel où nos seigneurs tremblaient
Venaient parfois de nuit sur un bateau de planches
Des émissaires qui parlaient parlaient parlaient
Ils promettaient le ciel et la terre et la Manche
A ceux qui comme nous harcelaient les Anglais
Et l'avenir semblait un éternel dimanche
La chanson tous les jours grandissait d'un couplet
Du bâtard d'Orléans de Jeanne aux yeux pervenche
De Charles qui comptait sur elle en son palais
Et les vers en avaient le velours des revanches
Les rimes y flambaient comme des feux follets

Je voyageais de ville en ville avec ma vielle
Oublieux de fouler les draps à mon moulin
Je jouais aux marchés de neuves villanelles
Et les vilains fêtaient Olivier Bachelin

Olivier Olivier c'est un jour sur la route
Que les soldats l'ont pris du côté de Saint-Lô
L'air qu'il aimait rouer l'aura livré sans doute
Ils l'ont laissé troué près d'un bois de bouleaux

A Reims en ce temps-là Jeanne enfin mène Charles
Dans un ciel déchiré d'oiseaux et d'instruments
Que pour les tambours noirs trompe et timbre déparlent
Olivier n'a pas su la fin de ce roman

Olivier les corbeaux dans ses prunelles creuses
Vainement dévoraient ses rêves merveilleux
Le visage tourné vers le vol des macreuses
La lumière y baignait l'absence de ses yeux

Il n'a pas vu le Roi faillir à ses enseignes
Et le parfum des lys par lui désavoué

Olivier n'a pas vu le fossé de Compiègne
Ni la fausse justice à cette enfant jouée

Les anges et les saints portent-ils des couronnes
Que n'a-t-elle donné des ailes à Son Roi
Disent-ils de leur Dieu s'il est en trois personnes
Ont-ils les cheveux longs et des bagues aux doigts

Et Monsieur Saint-Michel quand il lui rend visite
A Jeanne parle-t-il un langage inconnu
Ne lui montre-t-il pas des images maudites
Est-il beau cet archange au corps d'homme Est-il nu

Beaux pères je ne sais ce que vous voulez dire
Mon peuple n'en peut plus des maîtres étrangers
Mon peuple est pauvre et nu comme sont les martyrs
Le collier lui est lourd qui vous semble léger

Est-ce un crime déjà que de dire la France
Quelles sont ces rumeurs dont vous l'obscurcissez
Quoi les héros d'hier tombés en déshérence
N'auraient plus pour manteau que cet oubli glacé

Quoi déjà sur les pas de puissants personnages
Des maquilleurs de gloire escomptent les charniers
Et des tombeaux ouverts bousculant le bornage
Soldent le champ des morts de leurs trente deniers

Quoi déjà vous voulez d'une infâme clémence
Asseoir le parricide au seuil de la maison
Et le crime revient s'étale et recommence
Et le bourreau s'installe avec la trahison

104

Mes soldats sont chassés par des maîtres chanteurs
Les brigands de retour font échec à la loi
Victimes chapeau bas Les prévaricateurs
Parlent à votre place et votre échine ploie

Voici que l'on vous dit avec des voix hautaines
Qu'il n'est que temps pour vous de donner votre main
A ceux qui sont venus suivant leurs capitaines
Dévaster votre avoine et cueillir vos jasmins

On vous fait la leçon d'ailleurs Et la morale
Oubliant que de vous naquit la liberté
Debout sur vos tombeaux et dans vos cathédrales
Entre vos enfants morts et l'amour insulté

Il vous faut après tout compter avec la peste
C'est votre lot d'avoir le meurtre mitoyen
Vous n'allez pourtant pas vous disputer les restes
Un pays pour vous seuls n'est plus dans vos moyens

Sur la carte d'Europe effaçons les distances
Gens de France mettez vos trois couleurs au clou
Nous réconcilierons ces deux chiens de faïence
Même si l'un des deux est mâtiné de loup

Où suis-je Qui parlait d'Olivier ou de Jeanne
C'est toujours ce vertige et ce renversement
A quel monde damné quel démon nous condamne
Olivier mon ami tu dors heureusement

Tu dors les bras en croix comme un amour à terre
Comme l'espoir ancré sous des cieux orphelins

Olivier mais le vin que tes lèvres vantèrent
Olivier mais ce chant dont ton cœur était plein
Olivier mais ce chant que tes lèvres chantèrent
Il déborde il déborde Il ne peut plus se taire
Il ne peut plus se taire Olivier Bachelin

Olivier Olivier Olivier Bachelin

LA CHANSON DE JEAN DE CHAUNY

La vie est faite à la façon des hommes
Elle a comme eux son rêve pour prison
Elle a comme eux sa roue et ses saisons
Elle a comme eux ses mirages et comme
Eux poursuivant son ombre à l'horizon
Pour la mieux voir incendie la maison
Et brûle avec comme un verre de rhum
La flamme en soit la rime et la raison

Les gens de paille ont des cauchemars d'herbe
Les gens de cendre ont le feu pour tourment
Si grand malheur qui ne fasse un roman
Quand ils ont mis leurs colères en gerbes
Quand ils ont mis leur cœur en boniment
Battu monnaie avec leur dénuement
Quand ils ont mis leur folie en proverbes
Les peuples fous ont agi sagement

Pouvoir des mots que l'on croit reconnaître
On les redit comme un crime impuni
Pouvoir des mots une fois réunis
Ils ont un air de rideaux aux fenêtres

Soir et matin c'est même litanie
Jean-Tout le Monde est vacher de Chauny
Sur son tombeau nul ne mènera paître
On voit les fleurs quand les prés ont jauni

Qui sait aimer les phrases machinales
Comme un bouquet qu'il achète en passant
S'étonnera du frais parfum qu'il sent
En plein Paris à lire le journal
Les mots usés sont un trottoir glissant
Les mots usés sont des cailloux blessants
Les mots usés sont des rimes banales
Sur leurs pavés j'ai vu fleurir le sang

Avec des chansons couleur de nos plages
Et le bruit que font en tombant nos liens
Nous ferons lever le soleil qui vient
Il dépend de nous que notre passage
Change en or l'ordure et le mal en bien
Nous pouvons toucher les astres anciens
On cherche très loin le ciel des images
Le ciel est ici vous n'en savez rien

Le ciel tel que vos rêves l'enfantèrent
Le ciel est ici couleur de vos pas
Couleur des travaux couleur des combats
Le ciel est ici les pieds sur la terre
Toujours aussi bleu que l'eau le voudra
Il est dans vos yeux il est dans vos bras
Et c'est le secret de ce vieux mystère
Qui dit aide-toi le ciel t'aidera

Cette chanson est pour Jean-Tout le Monde
Cette chanson est pour les gens sans toit

Cette chanson est pour ceux qui ont froid
Cette chanson est la nouvelle ronde
Qui rend son rêve à l'homme et l'en fait roi
Cette chanson est la nouvelle loi
Tant pour Chauny que le reste du monde
Cette chanson est pour vous et pour moi

1947.

PROSE DE SAINTE CATHERINE

Tant qu'un enfant rêvera de l'aurore, tant qu'une rose embaumera la nuit, tant qu'un cœur quelque part éprouvera le vertige, tant qu'un pas chantera sur la chaussée, tant que l'hiver quelqu'un se souviendra du printemps, tant qu'il y aura dans la tête d'un seul homme une manière de musique, et dans le silence une douceur comparable à la femme aimée, tant qu'il flottera un peu de jour sur le monde et sa destinée...

...on entendra la chanson de France.

Tant qu'il y aura dans la dernière maison de l'univers un restant de chaleur et de tendresse, tant que dans la dernière chambre humaine dévastée un bout de miroir encore se souviendra de la beauté, tant qu'une trace de pied nu attestera le passage d'un être de chair et de sang sur une plage, tant qu'un livre sera pour des yeux la porte des songeries, tant que de la cathédrale à l'audace des ponts, de la fresque à la carte postale, et de la prose de Sainte-Eulalie à la parole enregistrée d'un poète qui naîtra, toute forme de la mémoire n'aura pas été saccagée, anéantie...

...on entendra la chanson de France.

Tant qu'une petite fille bercera sa poupée, tant qu'on aura plaisir à *Peau d'Ane* ou à la *Belle au bois dormant*, tant que les garçons lanceront des pierres plates sur l'eau des rivières, tant qu'on s'appellera tout bonnement Marie ou Jean, tant qu'on jouera à la main chaude, aux billes, aux barres, à chat-perché, tant qu'on cachera des fèves dans la brioche au jour des Rois et qu'on fera des crêpes en carnaval, tant que les tout-petits s'essaieront à retrouver sur les pianos l'air d'*Au clair de la Lune*, tant qu'on dira d'Yseut, de Manon, de Nana...

> *...on entendra la chanson de France.*

Mais surtout, mes amis, quels que soient les péripéties de l'immense troupeau, les catastrophes des continents, les aléas monstrueux de l'histoire, surtout, surtout, quelles que soient les transformations imprévisibles d'une humanité en proie aux miracles de son esprit, aux conséquences infinies de l'immense partie d'échecs qui va donner la clé de l'avenir, quels que soient les développements de ce qu'elle enfante, et l'apocalypse commencée, ô mes amis surtout, tant que s'élèvera la double harmonie aux répons merveilleux, qui de deux noms dit tout un peuple, et c'est Jeanne d'Arc et Fabien, soyez-en sûrs on l'entendra...

> *...car c'est la chanson de France.*

PROSE DE LA REINE BLANCHE
ET DES OUVRIERS DE CHEZ NOUS

A Medina-Sidonia, c'est une bien vieille histoire, à Medina-Sidonia se souvient-on de la reine Blanche, à Medina-Sidonia qui comme les oiseaux d'hiver venait de France, et quand apparut l'envoyé de don Pèdre le Cruel, dit la romance, elle vit sa triste mort...

Espagne ma sœur Espagne, entre nous quelles chansons, entre nous quelles amours...

Le roi don Pèdre le Cruel à Medina-Sidonia, d'un coup de marteau mercenaire a fait tuer la jeune reine et jonchant les dalles, ce sont les lis de France blancs et sanglants comme sa mort...

Espagne ma sœur Espagne, entre nous quelles tragédies, quelles chansons, quelles amours...

A Bordeaux par grande ruse, en la prison du Prince Noir, deux messagers sont venus dire à monseigneur Duguesclin la reine Blanche assassinée, assassinée à Medina-Sidonia, dire à monseigneur Bertrand Duguesclin un peu de France massacrée...

Espagne ma sœur Espagne, entre nous entre nous que de larmes, que de fureurs et que d'amours.

Monseigneur Duguesclin pour venger la douceur de vivre alors demande au prince anglais la liberté sur sa parole et le prince une armée lui donne afin d'abattre tyrannie.

Espagne ma sœur Espagne, en ce temps-là les gens de France et d'Angleterre ne t'abandonnaient pas aux mains de tes despotes.

Monseigneur Bertrand Duguesclin pour don Henri de Transtemare à Montiel a vaincu don Pèdre et le frère a tué son frère et dona Maria Padilla déchire le noir velours et montre le sein ferme et blanc pour qui le tyran tant de fois répandit le sang...

Espagne ma sœur Espagne, ensemble nous avons si souvent combattu, pas toujours pour le bien, pas toujours pour l'amour...

Les siècles ont passé sur les grands gisants de Castille et depuis le roi cruel et madame Blanche endormie, ah qu'il en a coulé des larmes, ah qu'on a souffert sans pour ça qu'on fût roi ni reine en Espagne et voici de la France encore à l'aube d'hiver les oiseaux revenus et la lumière bleue des armes...

Espagne ma sœur Espagne, ensemble nous avons toujours et des chansons et la tristesse et des chansons et nos amours...

Ce ne sont pas des guerriers comme jadis et qui les guide cette fois ne ressemble guère à monseigneur Duguesclin qu'Anglais permirent d'aller chevaucher outre monts et ce sont des gens de chez nous avec d'autres fleurs à la bouche, et d'autres cœurs, d'autres chansons...

Espagne ma sœur Espagne, il y a depuis toujours entre nous d'étranges fiançailles, mais aujourd'hui la chanson qui te ressemble est celle d'un commun amour.

Ce n'est pas Duguesclin qui vint de France avec les yeux clairs des faubourgs, les bras forts des champs et des mines, ce n'est pas Duguesclin, bien sûr, celui qui a pris ton parti...

Espagne ma sœur Espagne, entre nous ce grand feu qui flambe et cette amour, cette chanson, tu l'as reconnu dans Madrid et salué André Marty!

Espagne ma sœur Espagne, cette guerre ancienne commence et notre amour n'est pas finie...

Espagne ma sœur Espagne, qui pour nous saignas la première et qui tournes tes yeux vers nous...

Espagne palpitante Espagne, au loin chantante et que j'entends!

MATISSE PARLE

Je défais dans mes mains toutes les chevelures
Le jour a les couleurs que lui donnent mes mains
Tout ce qu'enfle un soupir dans ma chambre est voilure
Et le rêve durable est mon regard demain

Toute fleur d'être nue est semblable aux captives
Qui font trembler les doigts par leur seule beauté
J'attends je vois je songe et le ciel qui dérive
Est simple devant moi comme une robe ôtée

J'explique sans les mots le pas qui fait la ronde
J'explique le pied nu qu'a le vent effacé
J'explique sans mystère un moment de ce monde
J'explique le soleil sur l'épaule pensée

J'explique un dessin noir à la fenêtre ouverte
J'explique les oiseaux les arbres les saisons
J'explique le bonheur muet des plantes vertes
J'explique le silence étrange des maisons

J'explique infiniment l'ombre et la transparence
J'explique le toucher des femmes leur éclat

J'explique un firmament d'objets par différence
J'explique le rapport des choses que voilà

J'explique le parfum des formes passagères
J'explique ce qui fait chanter le papier blanc
J'explique ce qui fait qu'une feuille est légère
Et les branches qui sont des bras un peu plus lents

Je rends à la lumière un tribut de justice
Immobile au milieu des malheurs de ce temps
Je peins l'espoir des yeux afin qu'Henri Matisse
Témoigne à l'avenir ce que l'homme en attend

1947.

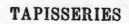

TAPISSERIES

Oiseau de fer qui dit le vent
Oiseau qui chante au jour levant
Oiseau bel oiseau querelleur
Oiseau plus fort que nos malheurs
Oiseau sur l'église et l'auvent
Oiseau de France comme avant
Oiseau de toutes les couleurs

Il manque une tapisserie
Faite aux couleurs de la perdrix
Que vainement chasse l'autour

Aux temps secrets de la patrie
J'avais tissé le rose au gris
L'avenir était de velours

Sous un ciel sans feu ni féeries
La terre a perdu ses pourpris
Les laines fanent en plein jour

L'oiseau pourtant dans la prairie
Courcaille encore l'air écrit
Pour les grands yeux de mes amours

Août 1946.

LES POISSONS NOIRS

La quille de bois dans l'eau blanche et bleue
Se balance à peine Elle enfonce un peu
Du poids du pêcheur couché sur la barge
Dans l'eau bleue et blanche il traîne un pied nu
Et tout l'or brisé d'un ciel inconnu
Fait au bateau brun des soleils en marge
Filets filets blonds filets filets gris
Dans l'eau toute bleue où le jour est pris
Les lourds poissons noirs rêvent du grand large

COURLIS

Les courlis parlent entre eux
Leur volant vocabulaire
C'est l'heure où le ciel est creux
D'un subit départ solaire
Les noyés au cœur ombreux
Lorsque le soir est si clair
Voyez-vous sont malheureux
Ils n'ont personne à qui plaire
Les courlis parlent entre eux
Courlis courlis coléreux

PIERRES

Pierres de jour pierres de nuit
Pierres qui tombent dans les puits
Pierres des eaux pierres des morts
Pierres pour qu'on se remémore
Pierres sans cœur pierres qui tuent
Pierres aveugles des statues
Pierres des murs pierres des mers
Pierres devant le victimaire
Pierres sur qui l'amant écrit
Faites pour les idolâtries
Pierres d'église ou de théâtre
Bornes des champs dalles de l'âtre
Pierres sans rime ni raison
Pierres muettes des maisons
Traces d'époques incertaines
Margelles noires des fontaines
Pierres qui s'usent aux genoux
Les pierres n'ont peur que de nous

AMOUR D'ELSA

J'ai des peurs épouvantables
Pour trois lignes de sa main
Ses gants posés sur la table
Un chat noir sur mon chemin

L'oiseau l'étoile ou l'échelle
Tout m'est présage glaçant
Tout un monde parle d'elle
Un langage menaçant

Ce que vendredi me laisse
Qu'en fera le samedi
Je crains qu'un mot ne la blesse
Je crains tout ce qu'on lui dit

Tout d'un coup pourquoi se taire
Dans la chambre d'à côté
Son silence est un mystère
Que je ne puis supporter

Je crains d'une crainte affreuse
Tout ce qui peut arriver

Une phrase malheureuse
Les ardoises les pavés

Elle dort je la crois morte
Encore un pressentiment
Mon cœur bat comme une porte
Quand elle sort un moment

Le monde est plein d'escarbilles
Le chien mord le cheval rue
Es-tu folle Tu t'habilles
Tu vas sortir dans la rue

Tu vas sortir Quelle aventure
Sortir sans moi le vilain jeu
J'ai la terreur des voitures
Je crains l'eau comme le feu

Mes jours entiers sont faits d'elle
L'univers est son reflet
Derrière les hirondelles
Le ciel reste ce qu'il est

Perversité des pervenches
Ses yeux à travers ses doigts
Quand le froid fait ses mains blanches
Comme la neige des toits

Jaloux des gouttes de pluie
Qui trop semblent des baisers
Les yeux de tout ce qui luit
Sont raison de jalouser

Jaloux jaloux des miroirs
Des morsures de l'abeille
De l'oubli de la mémoire
De l'abandon du sommeil

Du trottoir qu'elle a choisi
Des mains frôleuses du vent
Ma vivante jalousie
Qui me réveille en rêvant

Jaloux d'un chant d'une plainte
D'un souffle à peine un soupir
Jaloux jaloux des jacinthes
D'un parfum d'un souvenir

Jaloux jaloux des statues
Au regard vide et troublant

129

Jaloux quand elle s'est tue
Jaloux de son papier blanc

D'un rire ou d'une louange
D'un frisson quand c'est l'hiver
De la robe qu'elle change
Au printemps des arbres verts

De la voir aimer le feu
D'une branche qui la suit
D'un peigne dans ses cheveux
A l'aurore de minuit

De qui donc est-elle éprise
Qu'elle porte ses turquoises
Ah la nuit me martyrise
Avec ses ombres narquoises

Jaloux en toute saison
Traversé de mille clous
A perdre toute raison
Jaloux comme un chien jaloux

Jaloux de toute la terre
Quand elle arrive un peu tard
Tous ses gestes sont mystère

Jaloux jaloux des guitares

UN AIR D'OCTOBRE

Un air comme une traîne immense
Un air qui ne finit jamais
Un air d'octobre une romance
Plus douce que le mois de mai
Un air qui toujours recommence

Tes yeux ont le mal d'horizon
Fou qui trouve assez bleu l'azur
A qui le ciel n'est pas prison
Il faut aimer à démesure
Ce n'est pas assez que raison

Bel automne aux mains de velours
C'est la chanson jamais chantée
C'est la chanson de notre amour
C'est la chanson des roses-thé
Dont le cœur est couleur du jour

Est-il assez profond sanglot
Pour dire les déserts physiques
Pareils aux ronds qu'on fait dans l'eau
Les mots valent-ils la musique
Du long désir au cœur enclos

Un air Elsa de la démence
Un air qui ne finit jamais
Un air d'octobre une romance
Plus doux que n'est le mois de mai
Un air comme une traîne immense

POUR TOI

Je me souviens d'une prison
Qui n'avait rime ni raison
Je me souviens d'un cimetière
Qui semblait la patrie entière
Je me souviens d'un peu de sang
Sur la place aux pieds des passants
Je me souviens de cette gare
Où l'on fouillait des gens hagards
Je me souviens des soldats gris
Dans le beau désert de Paris
Je me souviens de mille choses
Un mort on croirait qu'il repose
Les voyageurs se sont pressés
On croisait le train renversé
Du village brûlé le soir
Il ne restait qu'un tableau noir
Je me souviens au bout d'un champ
De trois pauvres tombeaux touchants
Je me souviens je me souviens
A le redire ce n'est rien
De la radio qu'on écoute
D'un ami d'un pas sur la route
Est-ce le souvenir qui ment

Tout sonne si banalement
La flamme seule peut comprendre
Ce que fut autrefois la cendre
Elsa c'est pour toi que je dis
Cette mémoire d'incendie

AVIGNON

25 Septembre 1946

Ici le vent joue avec la ceinture
D'un souvenir heureux ou malheureux
Bel Avignon ville de l'aventure
Où tout ressemble à ceux-là qui se turent
En emportant leur secret merveilleux
L'amour y prend cette clarté d'épure
Que rien n'explique excepté qu'on est deux
Et Juliette ou Laure la plus pure
Expire Elsa si tu fermes les yeux

6 Novembre 1946

L'homme en vain se croit le vainqueur
C'est ici la ville d'Elsa
Et sous le pont qui se brisa
Passe le Rhône avec mon cœur
Et la plainte des remorqueurs
Passe le Rhône avec mon cœur
Et l'amour dont il se grisa

Et le long chant qui se brisa
De celle tant qu'il jalousa
Mariniers arrêtez mon cœur
C'EST ICI LA VILLE D'ELSA

6 NOVEMBRE 1946

Dix-huit ans je t'ai tenue enfermée
Dans mes bras comme Avignon dans ses murs
Dix-huit ans comme un seul jour parfumé
Que mon amour t'enclôt dans son armure
L'automne a déjà ses rouges ramées
L'hiver est déjà sous l'or des ramures
Mais que peut l'hiver mon enfant aimée
Si demeure en nous le divin murmure
Si quand le feu meurt monte la fumée
Et garde la nuit le goût noir des mûres

LES NOYÉS

La forme de mon cœur est celle de la ville
Il y souffle un grand vent on ne sait d'où venu
O noyés dans les eaux que caressent les îles
Vous descendiez au fil d'un long rêve inconnu
Vous hâtant regrettés des herbes de la berge
Vers le repos promis des lointains Aliscans
Où dorment les héros les morts ont leur auberge
On y parvient un soir on y parvient mais quand
Vous dérivez avec vos histoires diverses
Les yeux aveuglément sur le ciel étoilé
Vous passez sous le pont la tête à la renverse
Sans voir les palais blancs par le fleuve frôlés
Puisque Arles vous attend allez il est trop tard
Vous pleurerez ailleurs sous des pierres sans nom
Ici toute la nuit n'est qu'un chant de guitare
Et mon amour y semble un immense Avignon

LE RENDEZ-VOUS PERPÉTUEL

J'écris contre le vent majeur et n'en déplaise
A ceux-là qui ne sont que des voiles gonflées
Plus fort souffle ce vent et plus rouge est la braise

L'histoire et mon amour ont la même foulée
J'écris contre le vent majeur et que m'importe
Ceux qui ne lisent pas dans la blondeur des blés

Le pain futur et rient que pour moi toute porte
Ne soit que ton passage et tout ciel que tes yeux
Qu'un tramway qui s'en va toujours un peu t'emporte

Contre le vent majeur par un temps nuageux
J'écris comme je veux et tant pis pour les sourds
Si chanter leur paraît mentir à mauvais jeu

Il n'y a pas d'amour qui ne soit notre amour
La trace de tes pas m'explique le chemin
C'est toi non le soleil qui fais pour moi le jour

Je comprends le soleil au hâle de tes mains
Le soleil sans l'amour c'est la vie au hasard
Le soleil sans l'amour c'est hier sans demain

Tu me quittes toujours dans ceux qui se séparent
C'est toujours notre amour dans tous les yeux pleuré
C'est toujours notre amour la rue où l'on s'égare

C'est notre amour c'est toi quand la rue est barrée
C'est toi quand le train part le cœur qui se déchire
C'est toi le gant perdu pour le gant déparé

C'est toi tous les pensers qui font l'homme pâlir
C'est toi dans les mouchoirs agités longuement
Et c'est toi qui t'en vas sur le pont des navires

Toi les sanglots éteints toi les balbutiements
Et sur le seuil au soir les aveux sans paroles
Un murmure échappé Des mots dits en dormant

Le sourire surpris le rideau qui s'envole
Dans un préau d'école au loin l'écho des voix
Un deux trois des enfants qui comptent qui s'y colle

La nuit le bruire des colombes sur le toit
La plainte des prisons la perle des plongeurs
Tout ce qui fait chanter et se taire c'est toi

Et c'est toi que je chante AVEC le vent majeur

1947.

LE CRI DU BUTOR

LE BUTOR

Quant dedans l'eau je vueil crier,
Je fais un tres horrible son :
Nul ne doit son mal publier
Ne point d'aultruy blasmer le nom.
Le dit des oyseaulx.

Il a ri de ce qui fait rire
Comme de ce qui fait pleurer
Tous les mots que l'on peut écrire
Sont des dentelles déchirées

Il ressemble aux portes tournantes
Il ressemble aux braises du feu
Il ressemble à ce qui le tente
Il ressemble à tout ce qu'on veut

Il ressemble à tout ce qui tremble
Le tireur au jet d'eau visé
A qui disais-je qu'il ressemble
Il ressemble aux miroirs brisés

Il ressemble à beaucoup de monde
C'est la fatigue qui veut ça
Tous les hommes ont l'âme ronde
Et rêvent à qui les blessa

Tous les escaliers ont des rampes
Tous les toits sont bleus par ici

Et les veines qui font aux tempes
L'étrange escalier des soucis

Les soucis sont couleur des songes
Les songes couleur du destin
Ce que j'aime est ce qui me ronge
L'ombre est éprise du matin

D'où vient-il Où va-t-il Le doute
Habite chacun de ses pas
Il est la chanson qu'il écoute
Et celle qu'il n'écoute pas

Il écoute avec épouvante
Craquer les meubles dans la nuit
Il est le reflet qu'il enfante
Il est le double qui le suit

Chaque parole banalise
Ce portrait vainement décrit
Le dieu réduit à son église
La douleur réduite à son cri

La limite de notre empire
Est le mutisme des objets
Qui pourrait comme les draps dire
Cet abandon qui s'y logeait

Poubelle immense du langage
Sanglots jaunis photos passées
Dans l'alphabet noir des lits-cages
Les dormeurs se sont effacés

Ici les phrases se fêlèrent
Sur le deuil des écrins fanés
Il n'est pas de vocabulaire
Pour les choses abandonnées

Dans la mémoire du silence
Il n'est que le temps de bourreau
Seul témoin de ses violences
Un œil s'écaille au bleu des brocs

Dans ce pays d'ombre et de cendres
Il n'est de bourreau que le temps
Il n'est personne pour comprendre
La tragédie du verre à dents

Un gant dans la maison déserte
Au soir près d'un couteau rouillé
Clefs sans tiroirs malles ouvertes
Longues plaintes dépareillées

Mais le héros de cette fable
Confondant regrets et secrets
Sur la poussière de la table
Trace d'un doigt son cœur abstrait

II

CHANSON POUR OUBLIER DACHAU

Nul ne réveillera cette nuit les dormeurs
Il n'y aura pas à courir les pieds nus dans la neige
Il ne faudra pas se tenir les poings sur les hanches jus-
[qu'au matin
Ni marquer le pas le genou plié devant un gymnasiarque
[dément
Les femmes de quatre-vingt-trois ans les cardiaques
[ceux qui justement

Ont la fièvre ou des douleurs articulaires ou
Je ne sais pas moi les tuberculeux
N'écouteront pas les pas dans l'ombre qui s'approchent
Regardant leurs doigts déjà qui s'en vont en fumée

Nul ne réveillera cette nuit les dormeurs

Ton corps n'est plus le chien qui rôde et qui ramasse
Dans l'ordure ce qui peut lui faire un repas
Ton corps n'est plus le chien qui saute sous le fouet
Ton corps n'est plus cette dérive aux eaux d'Europe
Ton corps n'est plus cette stagnation cette rancœur
Ton corps n'est plus la promiscuité des autres

N'est plus sa propre puanteur
Homme ou femme tu dors dans des linges lavés

Ton corps

Quand tes yeux sont fermés quelles sont les images
Qui repassent au fond de leur obscur écrin
Quelle chasse est ouverte et quel monstre marin
Fuit devant les harpons d'un souvenir sauvage
Quand tes yeux sont fermés revois-tu revoit-on
Mourir aurait été si doux à l'instant même
Dans l'épouvante où l'équilibre est stratagème
Le cadavre debout dans l'ombre du wagon
Quand tes yeux sont fermés quel charançon les ronge
Quand tes yeux sont fermés les loups font-ils le beau
Quand tes yeux sont fermés ainsi que des tombeaux
Sur des morts sans suaire en l'absence des songes

Tes yeux

Homme ou femme retour d'enfer
Familiers d'autres crépuscules
Le goût de soufre aux lèvres gâtant le pain frais
Les réflexes démesurés à la quiétude villageoise de la vie
Comparant tout sans le vouloir à la torture
Déshabitués de tout
Hommes et femmes inhabiles à ce semblant de bonheur
[revenu
Les mains timides aux têtes d'enfants
Le cœur étonné de battre

Leurs yeux

Derrière leurs yeux pourtant cette histoire
Cette conscience de l'abîme

Et l'abîme
Où c'est trop d'une fois pour l'homme être tombé
Il y a dans ce monde nouveau tant de gens
Pour qui plus jamais ne sera naturelle la douceur
Il y a dans ce monde ancien tant et tant de gens
Pour qui toute douceur est désormais étrange
Il y a dans ce monde ancien et nouveau tant de gens
Que leurs propres enfants ne pourront pas comprendre

Oh vous qui passez
Ne réveillez pas cette nuit les dormeurs

III

Vise un peu cette folle et ses souliers montants
Elle a tous les ruisseaux dans ses regards d'émail
Elle a tous les oiseaux sur son chapeau de paille
Et dans son sac à main ses rêves de vingt ans

Vise un peu ce gâchis de tulle et d'anémones
Ce rêve poussiéreux comme un vieux cendrier
C'est la feuille d'hier sur le calendrier
Le refrain défraîchi d'une chanson d'automne

Vise un peu ce sourire et ce palpitement
Il s'en faudrait d'un rien qu'on se prenne à les croire
N'était la cruauté profonde des miroirs
Et ce reflet fané qui semble un reniement

C'est ma vie il faut bien que je la reconnaisse
C'est ma vie et c'est moi cette chanson faussée
Un beau soir l'avenir s'appelle le passé
C'est alors qu'on se tourne et qu'on voit sa jeunesse

Si les volcans éteints le ciel perd son éclat
Le jour n'est plus si clair la nuit n'est plus si tendre

Jusqu'au dernier moment mon cœur tu peux l'entendre
C'est ma vie et ce n'est après tout que cela

Qu'attendais-tu de plus quel sort quelle aventure
Quelle gloire à toi seule ou quel bonheur volé
Qu'es-tu d'autre à la fin qu'à la meule est le blé
Qu'à la cendre est le feu le corps à la torture

Cet enfant n'a pas eu le temps d'ouvrir les yeux
Et l'autre qui chantait un camion l'écrase
La misère défie et non l'azur les phrases
Elle est à ta mesure et n'y sont pas les cieux

Je ne vois pas ici vraiment ce qui te peine
Ou te donne le droit de crier dans ta nuit
Ton destin te ressemble et ton ombre te suit
Les fous ce sont ceux-là qui pour d'autres se prennent

C'est déjà bien assez de pouvoir un moment
Ébranler de l'épaule à sa faible manière
La roue énorme de l'histoire dans l'ornière
Qu'elle retombe après sur toi plus pesamment

Car rien plus désormais ne pourra jamais faire
Qu'elle n'ait pas un peu cédé sous ta poussée
Tu peux t'agenouiller vieille bête blessée
L'espoir heureusement tient d'autres dans ses fers

IV

Maintenant que la jeunesse
S'éteint au carreau bleu
Maintenant que la jeunesse
Machinale m'a trahi
Maintenant que la jeunesse
Tu t'en souviens souviens-t'en
Maintenant que la jeunesse
Chante à d'autres le printemps
Maintenant que la jeunesse
Détourne ses yeux lilas
Maintenant que la jeunesse
N'est plus ici n'est plus là
Maintenant que la jeunesse
Sur d'autres chemins légers
Maintenant que la jeunesse
Suit un nuage étranger
Maintenant que la jeunesse
A fui voleur généreux
Me laissant mon droit d'aînesse
Et l'argent de mes cheveux
Il fait beau à n'y pas croire
Il fait beau comme jamais
Quel temps quel temps sans mémoire

On ne sait plus comment voir
Ni se lever ni s'asseoir
Il fait beau comme jamais
C'est un temps contre nature
Comme le ciel des peintures
Comme l'oubli des tortures
Il fait beau comme jamais
Frais comme l'eau sous la rame
Un temps fort comme une femme
Un temps à damner son âme
Il fait beau comme jamais
Un temps à rire et courir
Un temps à ne pas mourir
Un temps à craindre le pire
Il fait beau comme jamais
Tant pis pour l'homme au sang sombre
Le soleil prouvé par l'ombre
Enjambera les décombres
Il fait beau comme jamais

Sur les berges de la Seine
Un midi de jeunes gens
Michel avec Madeleine
Pierre avec Jeanne et Germaine
Qui se promène avec Jean
Il faut que mon cœur y mette
Le nom de la violette
Si le ciel est plein d'oiseaux
Qu'est-ce que cela peut faire
Le feu qui brûle en enfer
Les noyés dans les roseaux
Les cailloux au fond des eaux
Il faut que mon cœur y mette
Le nom de la violette

Où allez-vous où allez-vous
Hirondelles disent-ils
Est-ce enfin le mois d'avril
Doux parfum de n'importe où
Le vent ne parle qu'aux fous
Il faut que mon cœur y mette
Le nom de la violette

Suis-je encore citoyen
De ce chantant paysage
Où c'est l'oublieux usage
De ne plus penser·à rien
Qu'au vert bonheur mitoyen
Il faut que mon cœur y mette
Le nom de la violette

Je n'en ai plus les moyens

V

Bien sûr que ce n'est pas un monde
Où tout se fait facilement
Si tu n'as pas la tête ronde
Qui t'en ferait le compliment

Vous nous fatiguez de vos plaintes
Il vous faudrait ô mes amis
Comme les lèvres qui sont peintes
Toujours avoir le rouge mis

C'est assez qu'un navire avance
Si je comprends ce qui le meut
Qu'après les nuits de ma mouvance
Les jours se fassent moins brumeux

A chacun sa part du ménage
A chacun sa table et son lit
Le soir tombant sur les gagnages
Verra le labeur accompli

Quand il faudra fermer le livre
Ce sera sans regretter rien
J'ai vu tant de gens si mal vivre
Et tant de gens mourir si bien

VI

LES TROIS PAQUES DE L'ANNÉE

A la première Pâque il fleurit des lilas
La terre est toute verte oublieuse d'hiver
Tout le ciel est dans l'herbe et se voit à l'envers
       A la première Pâque

A la Pâque d'été j'ai perdu mon latin
Il fait si bon dormir dans l'abri d'or des meules
Quand le jour brûle bien la paille des éteules
       A la Pâque d'été

A la Pâque d'hiver il soufflait un grand vent
Ouvrez ouvrez la porte à ces enfants de glace
Mais les feux sont éteints où vous prendriez place
       A la Pâque d'hiver

Trois Pâques ont passé revient le Nouvel An
C'est à chacun son tour cueillir les perce-neige
L'orgue tourne aux chevaux la chanson du manège
       Trois Pâques ont passé

Revient le Nouvel An qui porte un tablier
Comme un grand champ semé de neuves violettes

Et la feuille verdit sur la forêt squelette
                Revient le Nouvel An

Saisons de mon pays variables saisons
Qu'est-ce que cela fait si ce n'est plus moi-même
Qui sur les murs écris le nom de ce que j'aime
                Saisons de mon pays

        Saisons belles saisons

VII

Dans leurs habits de deuil offensant la saison
Qui sont ces passants sourds et leurs faibles raisons
Ces femmes le cœur pris dans leur corset-mystère
Ces professeurs d'angoisse aux portes des maisons
Ces enfants de l'enfer ces buveurs de poison
Qui se frappent le cœur et piétinent la terre

Avocats du malheur aux manches envolées
Ceux qui les voient copient leurs gestes affolés
Et suivent leur charroi de cris et d'équivoques
La foule est autour d'eux comme miraculée
Elle en oublie et l'heure et la couleur des blés
Pour leur plaidoyer d'ombre où minuit fait époque

Ils écrivent un braille à l'aveugle inconnu
Ils parlent un langage étrange et convenu
Où trois ou quatre mots font le bruit de la mer
De leur étonnement à peine revenus
L'absurde est le bitume où pose leur pied nu
Le bizarre est leur œil et leur sucre l'amer

Mais le mot-clef le mot qui les laisse béants
Pareil au coquillage où ronfle l'océan

Bibelot de rumeurs où se meurt une ruche
Le mot géant qui les culbute c'est néant
Et leur face paraît sous leur digne séant
Sourire alors leur va comme un sabre à l'autruche

Quel drame de titans miment-ils ces pygmées
On dirait à les voir et leurs verres fumés
Qu'ils attendent toujours une éclipse totale
O joueurs de manille en vampires grimés
Ils veulent des volcans pour avoir des camées
Et des perversités en fait de piédestal

Au tableau noir du siècle ils tracent à la craie
Les faux problèmes blancs d'un funèbre secret
Ou c'est le tir où l'œuf et la pipe trafiquent
Qui donc excusent-ils qu'il leur faut tant de frais
Quel pardon mendient-ils par ces gradins abstraits
Sur le menu gravier des mots philosophiques

Toute beauté les cabre et les rend ombrageux
Ils ont le désespoir pour hygiène et pour jeu
Pourrissant sur la paille épaisse du non-être
Ils respirent le monstre et leur est outrageux
Tout ciel qui jusqu'au soir nulle part nuageux
Sait mourir en mettant des œillets aux fenêtres

VIII

Tu n'oses pas crier à pleine voix ton cœur
Tu n'oses pas banalement dire les mots
Qui le font battre Avoue avoue il en est l'heure
Car ce dimanche est ton dimanche des rameaux
N'attends pas vendredi Parle avant que tu meures

Tu risques voir le vent effacer ta foulée
Comme aux bêtes qui font leur chemin sans savoir
A quels pas de destins sont leurs traces mêlées
Pourvu que ce chemin mène vers l'abreuvoir
Sans donner un regard aux oiseaux envolés

Tu n'oses pas former dans tes lèvres humaines
Les vocables d'eau claire où se lisent les cieux
Le rêve vainement que tes filets ramènent
A la nuit tu le rends et détournes les yeux
Faux pêcheur chasseur feint régisseur sans domaine

Avoue il est moins cinq avoue enfin le chant
Qui monte en toi comme le lait dans la bouilloire
Avoue enfin cet air naïf cet air touchant
Que tu rougis de fredonner tant il fait noir
Dans ce monde honteux des simples fleurs des champs

Avoue enfin la vie et l'homme à sa mesure
Les enfants le parfum des lavandes l'été
La musique des mots que les amants murmurent
Avoue enfin la force et le travail chanté
Avoue enfin la rose avoue enfin l'azur

Voici venir les temps prédits de la bonté

LE ROMANCERO
DE PABLO NERUDA

Es Chile norte sur de gran longura
Costa del nuevo mar del sur llamado
Tendra del l'este a œste de angostura
Cien millas, por los mas ancho tomado...

Alonzo de Ercilla, *Araucana.*

CAUPOLICAN

Enfin tout était prêt pour la mort de l'Ulmène
Et le torride aplomb d'un soleil ténébreux
A l'échafaud niait d'avoir une ombre humaine
Les conquérants riaient sur la tribune entre eux

Un cheval noir broncha le mors blessant sa bouche
Les soldats castillans à leur pique appuyés
Dans leurs corsets de cuir suants en proie aux mouches
Suivaient leur vol bruyant d'un regard ennuyé

Un enfant qui jouait courut après sa balle
Sa mère par le bras craintive le retint
Dans la foule profonde aux senteurs animales
Grise comme la braise et ses yeux mal éteints

D'abord on entendit sonner le pas des prêtres
Et les dieux d'outre-mer sur leur croix érigés
Un long frémissement quand on le vit paraître
Immense et nu dans les chaînes de l'étranger

Tandis que les valets préparaient les éclisses
Parcourut tout un peuple d'échines domptées

Il semblait ne rien voir et marchait au supplice
Attendant du trépas la seule liberté

Mais quand il eut monté les degrés de l'estrade
Et qu'il vit alentour les visages sans fin
Il sourit des préparatifs de l'estrapade
Comme au pressoir la grappe heureuse de son vin

Ainsi que le tueur à l'abattoir estime
Le poids du bœuf marqué de l'athlète aux liens
L'exécuteur s'approche et palpe la victime
Révoltant tout à coup son orgueil chilien

Il avait tout prévu la torture les flammes
Et les os éclatés et la chair en lambeaux
Sauf l'insulte sur lui de ces deux mains infâmes
Qui prennent la mesure exacte du tombeau

Alors faisant le jour témoin de cette injure
Il appelle sa force au secours du mépris
Et frappant le goujat du pied dans la figure
Il flétrit le bourreau du pas de sa patrie

Qu'il meure désormais qu'il souffre mille morts
Il rit du rire de l'histoire ce géant
A jamais au delà des clameurs de son corps
L'avenir a vaincu dans ses yeux le néant

Qu'importe à l'étendard l'aigle double d'Autriche
Ou l'aigle américain sur le papier-monnaie
La semence sommeille aux firmaments en friche
Qu'importe ce qui meurt au prix de ce qui naît

L'homme change bien moins que ne changent ses armes
Un autre envahisseur vient par d'autres chemins
A des yeux différents brillent les mêmes larmes
Et le sang sur la terre a le même carmin

LES OISEAUX

Il neige des cris et des plumes
Dans la laine australe des brumes
Sur l'île Désolation

L'aile mouillée à l'eau de mer
Dessine des signes amers
Sur l'île Désolation

L'écume accroche aux promontoires
Ses dentelles aléatoires
Sur l'île Désolation

Les oiseaux entre eux se chamaillent
Et du sang perle à leur camail
Sur l'île Désolation

Les oiseaux blancs les oiseaux noirs
Emmêlent leur double grimoire
Sur l'île Désolation

Les oiseaux bleus les oiseaux blêmes
Comme les données d'un problème
Sur l'île Désolation

Les oiseaux que la saison chasse
Qui passent passent et repassent
Sur l'île Désolation

Que disent-ils Que disent-ils
Dans leur clameur couleur d'exil
Sur l'île Désolation

Il s'agit du cœur pris pour cible
Et d'une étoile inaccessible
Sur l'île Désolation

Il s'agit de ce libre amour
Plus grand que le soleil du jour
Sur l'île Désolation

Il s'agit d'un pays qui meurt
Et d'un poète sans demeure
Sur l'île Désolation

Et les oiseaux comme moi-même
Parlent sans fin de ce qu'ils aiment
Sur l'île Désolation

Sur l'île Désolation

L'HOMME

Il existe un pays solaire
Sur un continent de colère

Pas tous les chiens n'y font le beau
Ni les morts n'y ont de tombeau

Pas tous les vivants n'y respirent
Ni les enfants n'y savent rire

Celui qui ne peut pas chanter
Rêve-t-il de la liberté

La bouche est faite pour se taire
Et les yeux pour fixer la terre

Les genoux sont faits pour plier
Et les bras pour être liés

C'est la loi du moins et la règle
Pour le lièvre sinon pour l'aigle

Car il en va tout autrement
Pour qui je dis en ce moment

Je parle d'un homme bizarre
Dont la voix rend fous les lézards

D'un homme dont les pas chantants
Arpentent l'horreur de nos temps

D'un homme qu'écoutent s'il chante
Les fougères arborescentes

D'un homme légendairement
Suivi de papillons déments

D'un homme autour de qui le soir
Les fantômes viennent s'asseoir

Et c'est lui que l'on entend errer
Disant des mots démesurés

D'un homme à minuit qui murmure
Ce qui fait s'enfuir les lémures

Et les étoiles près de lui
Tombent tombent tombent en pluie

D'un homme que les petits ours
Suivent dansant au point du jour

Ah l'aube que l'aube me point
Chante plus haut ne faiblis point

D'un homme au cœur de l'Amérique
Comme un grand matin chimérique

Un immense espoir étrenné
Insoucieux de la journée

S'il fait beau dès la première heure
Qu'importe à l'onzième qu'on meure

Mais tout le jour est mon combat
Ne meurs pas Pablo ne meurs pas

COMPLAINTE DE PABLO NERUDA

I

Je vais dire la légende
De celui qui s'est enfui
Et fait les oiseaux des Andes
Se taire au cœur de la nuit

Quand d'abord nous l'entendîmes
L'air était profond et doux
Un instrument anonyme
Préludait on ne sait d'où

Naïfs entre deux éclipses
Des paroles pour complot
Sans craindre l'apocalypse
Nous jouions avec les mots

Le ciel était de velours
Incompréhensiblement
Le soir tombe et les beaux jours
Meurent on ne sait comment

Si bas que volât l'aronde
Dans le ciel de par ici
La plus belle voix du monde
Effaçait les prophéties

Comment croire comment croire
Au pas pesant des soldats
Quand j'entends la chanson noire
De Don Pablo Neruda

II

A Madrid il est consul
En trente-six quand le feu
Change sur la péninsule
En ciel rouge le ciel bleu

Le sang couvre dans Grenade
Le parfum des orangers
Quand s'éteint la sérénade
Du rouge-gorge égorgé

C'est la fin des pigeon-vole
Le vent nouveau maria
Dans la romance espagnole
Au Cid Pasionaria

Une voix américaine
S'est mêlée aux musiciens
Et dit l'amour dit la haine
Dit la mort des miliciens

Toi qui racontais aux mères
Comment meurent leurs enfants
Neruda la graine amère
Mûrit dans l'air étouffant

Te voici tel que toi-même
Là-bas le Chili t'attend
Il grandit dans l'anathème
Le chanteur de quarante ans

III

Le feu la fumée enfante
Qui semble naître du toit
Le peuple pour qui tu chantes
A des yeux noirs comme toi

Les maisons disent la terre
Et les oiseaux à leur front
Malaisément pourraient taire
Ce que les hommes y font

Rien désormais ne sépare
Des lèvres le mot chanté
Toute chose se compare
A la seule liberté

Lorsque la musique est belle
Tous les hommes sont égaux
Et l'injustice rebelle
Paris ou Santiago

Tirent les batteurs d'estrade
Des drapeaux de leurs chapeaux
Le soleil de Stalingrad
Rend leurs couleurs aux drapeaux

Nous parlons même langage
Et le même chant nous lie
Une cage est une cage
En France comme au Chili

IV

Mais une atroce aventure
S'abat sur ce pays-là
Ramenant la dictature
Du Président Videla

Neruda qui le dénonce
Était hier son ami
Le Président en réponse
Au cachot le voudrait mis

L'Ambassade du Mexique
L'a recueilli quelque temps
Mes seigneurs quelle musique
A fait le gouvernement

Il a donné sa parole
Que Pablo pouvait partir
A l'étranger qu'il s'envole
Nul ne veut le retenir

L'auto quand à la frontière
Elle parvient cependant
Halte-là Machine arrière
Par ordre du Président

Depuis ce temps-là mystère
Les chiens l'ont en vain pisté
Qui sait où Pablo se terre
Pourtant on l'entend chanter

v

Sous le fouet de la famine
Terre terre des volcans
Le gendarme te domine
Mon vieux pays araucan

Pays double où peuvent vivre
Des lièvres et des pumas
Triste et beau comme le cuivre
Au désert d'Atacama

Avec tes forêts de hêtres
Tes myrtes méridionaux
O mon pays de salpêtre
D'arsenic et de guano

Mon pays contradictoire
Jamais libre ni conquis
Verras-tu sur ton histoire
Planer l'aigle des Yankees

Entrez entrez dans la danse
Volcans mes frères volcans
L'étoile d'indépendance
Luit pour le peuple araucan

VI

Absent et présent ensemble
Invisible mais trahi
Neruda que tu ressembles
A ton malheureux pays

Ta résidence est la terre
Et le ciel en même temps
Silencieux solitaire
Et dans la foule chantant

Noire et blanche l'existence
L'insomnie a pour loyer
Les nuits de la résistance
Ont l'air de manteaux rayés

Mais voici le matin blême
Cela ne peut plus durer
La Grèce et Jérusalem
Et la Chine déchirée

Déjà le monde entier forme
Un rêve pareil au tien
Et c'est un soleil énorme
Qu'une main d'enfant retient

178

LES CADEAUX DE PABLO NERUDA

I

LA BOITE A PAPILLONS

Tu m'as donné l'eau bleue et la boue jaune
Le maïs fauve et la couleur du bruit
Les jeux du jour les ailes de la nuit
Les papillons qu'un pied nu d'enfant suit
Tu m'as donné le ciel de l'Amazone

Tu m'as donné le cœur et la magie
Les souvenirs d'un amour sans miroir
Les charmes blancs des après-midi noirs
Les yeux perdus des enfers sans mémoire
Les papillons que brûle la bougie

Tu m'as donné ces papillons lyriques
Leurs corsets gris par l'épingle tenus
La feuille morte et la fleur inconnue
L'ombre de feu que poursuit un pied nu
Tu m'as donné l'azur de l'Amérique

Tu m'as donné le parfum qui grisa
Notre jeunesse à nos cheveux pareille
Tu m'as donné les taches du soleil
Les papillons qu'un rire enfant effraye
Je les ai mis dans la chambre d'Elsa

II

ESPAÑA EN EL CORAZÕN

Six lignes de travers une pluie sur les fleurs
Le nom de Neruda d'une encre sans couleur
Et pour nous dédié le cœur de Delia
Un livre de vers qu'on m'a rendu il y a
Huit jours Il y a huit jours lorsque la nouvelle
Nous est venue ami de ton danger mortel
On m'a rendu ce livre en trente-neuf volé
Plein de tampons La couverture déchirée
D'une bibliothèque d'histoire où le mirent
Je ne sais quels bourreaux ni quels tueurs le lurent
Seul de tous les bouquins que ces gens-là m'ont pris

Ainsi te revoilà parmi nous à Paris

LE BOUVREUIL DU CHILI

T'en souvient-il Alors la douceur des soirées
Faisait qu'on écoutait sans doute mal les vers
Le récitant parlait sans doute à mots couverts
Mais la musique la musique murmurée

La nuit la terre n'est jamais tout à fait noire
Ni les mots espagnols n'ont la senteur du sang
Une poussière d'insectes phosphorescents
Éclaire malgré tout par où les bœufs vont boire

Quel bizarre instrument dans l'ombre s'accorda
Et la voix qui le suit refuse d'aller l'amble
La complainte partait des pierres il me semble
Il me semble l'entendre et Pablo Neruda

Neruda mon ami dans l'ère des chimères
Tu trouvais notre cœur par d'étranges chemins
Puis tes chants se sont faits terriblement humains
A Madrid où ton cœur fut la dernière pierre

C'est au faux-jour de trente-neuf que te voilà
Dans cette banlieue inondée où nous passâmes

Tout un après-midi d'octobre avec ma femme
Une eau jaune battait les murs de la villa

On eût dit un bateau dans l'automne complice
Homme libre venu d'un éden inventé
Tu prouvais l'avenir avec ta liberté
Devant moi que suivait en ce temps la police

Quelle ombre dissimule à présent tes yeux bruns
A quel piège faut-il que ta chanson soit prise
Maintenant c'est ton tour à ce que les gens disent
La légende est sur toi comme un manteau d'emprunt

Le soleil chilien c'est toujours le soleil
Et je t'imagine ô traqué dans ta patrie
Je t'imagine et je perçois au loin ton cri
Qui perce l'étendue énorme et le sommeil

Malgré dans tes cheveux cette trace d'argent
Je te revois Pablo plus bleu que tes poèmes
Ici rien ne varie et la rue est la même
Les toits seuls à Paris ont des reflets changeants

Ces tournoyants vautours tout autour de ta tête
De leurs lourds cauchemars enténèbrent tes yeux
Mais s'élève un oiseau sans couleur dans nos cieux
Et son trille détruit l'étreinte des tempêtes

Par-dessus l'Océan les Andes et l'oubli
Il va plus vite au pli des vents que l'espérance

Et demande
        Ouvre-lui
                dans son parler de France
Où demeure aujourd'hui le bouvreuil du Chili

Où demeure
        où demeure
Où demeure aujourd'hui le bouvreuil du Chili

1948.

LE CRÈVE-CŒUR

LE NOUVEAU CRÈVE-CŒUR

LE NOUVEAU CRÈVE-CŒUR

TAPISSERIES

DU MÊME AUTEUR

POÈMES ET POÉSIES

LE FOU D'ELSA *(N.R.F.)*.

IL NE M'EST PARIS QUE D'ELSA *(Robert Laffont)*.

LE VOYAGE DE HOLLANDE *(Seghers)*.

LE VOYAGE DE HOLLANDE ET AUTRES POÈMES *(Seghers)*.

ÉLÉGIE A PABLO NERUDA *(N.R.F.)*.

DOCUMENT ARAGON — Disque et poèmes en partie inédits. L'Apostrophe *(Biem)*.

LES CHAMBRES *(Éditeurs français réunis)*.

LES ADIEUX *(Temps Actuels)*.

TRADUCTION

LA CHASSE AU SNARK, de Lewis Carroll *(The Hours Press - Seghers)*.

ET DIVERS OUVRAGES EN PROSE

Ce volume,
le cent trente-septième de la collection Poésie,
a été achevé d'imprimer sur les presses
de l'imprimerie Bussière à Saint-Amand (Cher),
le 3 juin 1991.
Dépôt légal : juin 1991.
1er dépôt légal dans la collection : mars 1980.
Numéro d'imprimeur : 1762.
ISBN 2-07-032189-4./Imprimé en France.